陌路

當代名家

◎蘇偉貞 著

許多年來，她仍然是這毛病，經常撥了電話後忘了在打給誰，抓著話筒又放不下手，於是她一直有先報名的習慣——「我是沈天末」。

那名字無論何時何地，都給她一份熟極而流感。繼之覺得陌生。

有時候撥錯了電話，那頭愕然；更多根本第一次通電話，對方自然不認識她，雙雙沈默下來，她更不知道該說什麼。國外四年，這經驗最多。也有先則對方特別客氣，後則冷漠相向，尤其在明白不過是一通誤撥。所以，多年的戒之在心，她練就一旦體察線中呼吸，八九了然有何種反應而來的功力。甚至聽到對方抓話筒的氣勢，轉而想起要找是誰。

她盡量不打第一次找人的電話，盡量不打熟識已極者的電話聊天。個性使然嗎？她不知道別人爲什麼可以不見面而有話說？

重返舊宅，電話、人聲一切聽不見。好像屋外一直在下雨。滴滴答答的下。

房子屬舊式日本建築，格調清雅，她父母身後遺產。離開台北經年，四周高樓櫛比，彷彿這房子陷入重圍。

她就像這房子，同樣不關心本身的存在，恍若淹流在時光中。

她在屋內的活動減至最低量。她父母似乎知道她最後仍會回來。

比之四年前的離開，歲月添增，記憶反而減少，再加故友舊識物換星移，她腦中幾幾空白一片。

是誰說過一個女人沈思時最美？有一整個屋子的沈思，她的欣賞者是誰呢？她想想，祇有閉上雙眼。覺得自己在和沈默對坐。

記得離開台北赴美國的前夕，心情同樣低沈，同樣面對太多沈默；和沈中硯盡夜長坐，天初破曉，想像彼岸正值夜晚，想想兩相心境，眞的荒唐而非可喜。不著邊際的未來，整個事情和心情。白天也像夜晚。

對於她要遠走美國會唐閎，結婚然後生子，定此生，中硯向不多評議，往後再見何年，甚至再見有望嗎？都是問題。中硯不願多涉身她的路。祇是要她——「一切看開點，後悔也沒關係。」

「爲什麼沒有和中硯好起來？」她和中硯因屬本家，大學裡一直走得最近，幾年來每每不經意竄起此念。這念頭代表她婚姻中的冷。

忘了是誰開導過她要找尋自己的愉快。

決定回來的那天，意外和唐閎有段長談，算是結束那之前的冷。唐閎問她：

「回去做什麼事？」

「再說吧！」她眞心的回答。

她明白唐閎不是壞，而是太冷。能化解他的不會是如體溫般的溫和而是熱情，高超速的熱。

她曾經想要個孩子，唐閎不要。

「妳不知道孩子會剝削大量時間和自由嗎？妳沒看見這是個什麼環境嗎？」

明明很好的關係，怎麼變質的呢？他們原本在國內時，唐閎完全熱情，抓她抓得很緊。在無依無靠的國外，唐閎甚少碰她，常理不是他們應該靠得更近、擁抱更密切嗎？

但是她知道，她沒有辦法違背唐閎的決定，經過這樣的生活，她也不願意去違背。她有一天會離開他。

「要不要辦個手續？或者妳多想想？」唐閎臨到最後，也不是慌，也不是後悔，沒有顧忌，而是他一貫的周密。她奇怪他說得出口。

她搖搖頭。沒有看他，實際上想。因爲陌生。

唐閎又加了一句：「如果妳願意，隨時可以回來。」他講得很客氣，以至於別人絕對不能跟他翻臉。

她偏過頭去，覺得挨了一記耳光。

她從來不必很快樂、幸福、完美才過得下去，但是連起碼的尊嚴也沒有嗎？她沒有說會不會再「回來」！也沒有辦離婚手續，不值得反目成仇，又認識八年了，還是多留些餘地。

也許，他們的餘地便由於太多了。

唐闓陪她坐到夜半，同樣沈中硯那麼一晚，同樣「去」「留」當時。唐闓後夜半要去睡了，站起身，背著她說了一句：「天末，妳不覺得自己太脆弱了嗎？」

凝視窗外的黑。原來唐闓也有某方面的意見。

她不必更了解他了。他們的標準不一樣。

在那樣的一個環境裡，連要遷就也沒有方法。

望著唐闓走開的背影，她沒有叫住他。他身上穿的襯衫是他母親前次帶來的，老家巷口西裝店縫製的。唐闓出生及成長階段，衣服一律在那兒做，出國後，旁人長胖、消瘦，他依舊。裁縫店裡永遠存有他的尺寸。

那樣一個背影，她卻恍惚覺得膨脹碩大。她腦中沒有他的尺寸嗎?穿不回的舊情而已。

他父母來住兩個月，他每天按時上下班，沒多請一天假，他大可以安排休年假。她獨自開了四個小時路去接機，然後唐闓下研究室回家後看到父母，像每次放學回家一樣，叫聲：「爸爸！媽！」

如果唐家傳統如此，還可解釋，唐閎母親細膩、周到，父親好動、開朗。之前她早推斷得到唐閎必然會如此，卻實在無法原諒。

她眼看他穿著母親爲他帶來的衣物，不知道他怎麼穿得上身。

那兩個月，經常看到的是公公的身影，很像唐閎的背後，她最怕推門回家一刹那望見老人家站在窗口的情景，更不敢正視公公正面，怕看到臉相反應。祇有低著頭走過去，或者講些其他的事。老人家向未在她面前多置一句唐閎的不是。

唐閎背影像父親，是一個脫離母體可以完全自我生存的人，和原先的那個「像」沒有多大關係。

「天末！」老人家突然有天叫住她：「妳要多容忍！」那時他們已經住了有月半。

從唐閎身邊回來，她眞不知道如何去看望兩位老人家。唐閎是一定不會多說什麼。她又怎麼開口？

婆婆臨回國前，叫她到房間，交給她一盒首飾說：「天末，妳在美國過的門，我們沒法照規矩給妳準備東西，我又怕妳們書讀多了不愛這些金銀財寶的，還好這些首飾我是請年輕小朋友幫忙挑選，樣子還不俗，給了妳，我也心安些！」

天末眼眶瘆紅，她出來前，母親私下亦交給她一雙戒指，說得很明白：「如果唐閎決定了，你們的婚禮也不必鋪張，有個起碼形式就可以了，人在外頭要學著多體諒，簡單點。」

首飾盒裡躺著全套的鍊子、鐲子、戒子、耳環，離她心性很遠的東西，卻誠有溫度，那麼近。首飾打工精細，眞的不俗。她極想衝口說兩句什麼，止住了。走到這步，她的婚姻才有點開始的雛型嗎？那麼精緻？

唐閎媽媽緊緊抓住天末，流下眼淚：「我知道委屈妳了，唐閎不是個好丈夫，祇有靠妳多照顧他。」那種老人家不能抑止的淚，他們控制無法，旁人亦然。

「我很喜歡！媽！」倉促下，說的是有關首飾。無關唐閎。

「你可以找時間生個孩子陪陪你」！唐閎媽媽的語氣不無遲疑。她才發現自己也哭了。

她從來沒有在唐閎面前爲婚姻哭過。連背後都少。

唐閎媽媽當下要她套上手鐲，而且左右各一雙。說來微妙，她總覺得是這樁婚姻等在那兒選擇了她，而非她撞上這樁婚姻。她向來不是頑固的人，所以一直談不上癡於愛情，許多年後，她才覺悟自己從來沒弄淸楚感情爲何。

花樣年華時候沒有人教給她，成長後，吸收力大弱，就如老舊日式房舍，要裝潢，亦無多大效果，更無從著手。

徒徒覺得時間的過去。

天末從床上直起身，拉開窗帘，進來的陽光亦像染有歲月，光度微弱。

房子在父母過世後，托給鄰居代管，失去人味的房子毛病百出，而且潮溼。她倒毫不著急，最壞不過就這地步了，否則還垮掉嗎？雨水和時間之於房子，有些是後天的，有些先天失調不可避免必塌毀。何況感情。

她到巷口買了份報紙，看到日期，算算回來已經半個月。在國外沒有想通的事，國內的清靜日子裡也沒有通不通。

到底是誰拋棄了誰？

巷口不時有車輛竄出、流進，當年不怎麼樣的小巷現在再走，覺得長了。

報上版面登的大多是人事，不外仇殺、失火、自殺、礦變、倒閉、情感糾葛。彷彿活著十分熱鬧。

日影傾斜漸透過紙門映進屋內，是個雨天中偶現的晴天。

天末半靠在床頭，仰拿著報紙，報上的事件頓時恍似衝面而來，她把報紙丟到地板上，仍然一份生命躺在地板上，因爲有人事在其中。

她輕輕滑低躺平在床上，閉攏雙眼，心的起伏隨同躺平，卻睡也不熟。她從來沒有睡夠睡不夠，隨時可睡，又隨時會醒。

四周靜得不像在台北。像國外唐閎出門後家中上午。

每天上午唐閎埋頭吃完稀飯後出門，她堅持要過像在台北的生活。早晨起床煮稀飯。

她在他走後，泡一杯茶，看當天當地報紙或一星期前國內的航空版。也是這樣的死靜。並且一成不變，像被定穴的發條玩偶。這樣的日復一日和她當初想像大相逕庭。當初是憑什麼勾畫的呢？對唐闓的愛嗎？或者他以前布展在她身上的熱情？還是對他的期望？

應該是熱情，所以完全的熱情褪後，什麼也不是了。他有工作和計畫，她呢？每天她不了解唐闓的明天、未來，甚至行程，先是性情使然不願問，後來是懶得問，他每天回家的時間不定，彷彿是蓄意考驗人。

以前她懷疑唐闓對她有精神虐待之嫌，後來，她眞是什麼都沒有心了。

偌大的城市裡，她祇有一個稍稱得上是朋友的朋友，一出國門就加分的那種朋友。之白先她兩年出來，她甫抵達，之白便趨附自我介紹，她沒有辦法拒絕主動的友誼。當然，她還並不了解之白。

後來陸陸續續，她才知道之白是個怎麼樣的人。

她先是看到了之白個性上的輕鬆，再看到了之白生活上的隨意。她起初都羨慕。之白並不特別好面子，不像其他夫婦，所以生活裡頗多惹人非議之處，她經常隻身赴大都會度假，沒有人知道她去做什麼。她非常了解旁人怎麼說話。

「我在乎他們做什麼？痛不痛快又不是他們的事！就算我亂攪男女關係，這個男人還得願意呢！」之白眞不在乎？天末隱隱覺得其中有事。也許這是另一種不痛快，否則她爲什麼要經常喝醉和走開？

天末十分感激之白在沈悶中伸過來的手。祇剩之白不時散發出溫度。給她一種稱不上激烈的友情，使她不至於太自憐或完全放棄過日子。

她們經常去超級市場逛一下午，或者大減價時買點東西，在尋尋覓覓的過程中，反而有份世俗的收穫感，讓天末覺得生活並非從一清白。她稍微好過些。

唐閎父母走後，天末經常陷在空白裡，發現生活中那一點點「俗」趣頗難再興，她體悟是不是應該回台灣走走，又怕自己不願意再回來。有一天晚上，她打電話給之白。

似是之白開燈後，在起居室接的電話，所以遲了些時間，天末幾乎要放棄打這通電話。之白習慣在沒有人的地方聽電話。

之白在電話裡聽到她可能要回台灣的念頭後，並沒有表示意見，祇「哦」了一聲，便隨口談些別的事。

天末放下話筒，仍坐在電話機旁，唐閎書房內的光衝到門邊即止。不久之後院外響起車聲，他們的住宅區規劃寬敞，入了夜，任何音量加倍刺耳，無論是外圍或內心。

天末撥開窗帘望出去，看到之白的車。

之白披了件大髦白披肩，料峭薄春，因爲有月光，青灰的景色中，光禿的樹芽隱隱可見，無絲毫喜意，反而有股絕望質感。

之白細長的臉上有份奇異的流動美，其實事不關己她一向冷漠，傳情全因爲她眉目眼瞼中特具的生動，尤其她站在的背景比她更冷漠時。

「我以前長了副圓臉呢！」之白有次誇張的表示。

一張臉怎麼會愈長愈長呢？在定型以後？

幸而倒有另一種美。

唐闕仍在書房裡，不確定他是否耳聞，如果知道之白來，他應該會現身。唐闕對之白經常有些讓人不安的反應，也不是話多，而是少有的專心，又沒有什麼，恐怕祇是她自己的第六感。

天末披了件薄外套出門，之白並無意進屋。她也想外面走走。

兩人走到薄春中，之白沒有問她爲什麼要回台灣，一開口，竟是以前的愛情。

「我自己以爲會等他退伍然後結婚，沒有想到先出來就和別人結了婚。消息傳來他在一次演習中踩到地雷當場炸死，過兩天他生前寄給我的信才到，他在信裡說要我好好過，不要難爲，他不怪我，一點怨恨也沒有。」講著講著，之白居然仰天笑出眼淚：「其實我一點不爲難，我早想過，就算我嫁給他，我也會跟別人好，再說早死並不算壞事，祇是我回不去了，台灣一定有很多人等著罵我，我也覺得再去面對那些往事陳跡很無聊，我不想讓自己難受。」之白並不像要天末同意她的看法，她祇是告訴自我。

「從那時候起我才懂事，我很感激他教會了我知道人事。」

天末不能說什麼，那到底不是她的生命，而且生命有互通性嗎？

她雖不像之白那麼絕劣，也夠慘了。之白現在的隨便是因爲太自私嗎？她眞的不懂。

「我們對感情及生活總是太天眞了，天末，我們小時候沒有受太多罪，長大以後，要花好幾倍代價，妳覺不覺得這是我們這一代的通病？」

這就是天末沒法和之白太接近的最深層原因。之白往往流露出一股透徹太過的特質，很多事是不能多想的，也不能多知道，否則難免和自己過不去。她也不願意負擔太多。走在高樹底下，分外覺得自己的矮。

他們這個城鎭像美國任何一個城鎭，入夜後除了車輛，很少行人，到處是燈光而無人跡，黑暗的地方特別多。在巷弄處，買醉的人知道那裡有酒吧。

天末聽說之白酒量奇佳，也見過她微笑舉杯來者不拒，但那味道不像醉於酒，而祇是懶得解釋不喝的原因。宛如她經常傳出緋聞而她依然故我不做任何說明，愈顯得她行徑放任，有些驕傲。

她們經過一處酒館，微涼中，似乎更適合買醉，館內擠滿了關不住的笑語、聲浪。這樣的夜晚，走著走著，天末以爲之白會進去痛飲，她願意陪之白。不想之白眼光直視，對酒完全失感。他們繞完一圈回到住處，兩人在院階上坐了會兒，之白站起身，伸手往背後甩緊披肩，將臉緊緊裹住，愈顯她的臉長。之白十分清醒的說：「走了。明天我會去紐約荒唐幾天，以前老認爲沒有感情一秒鐘也活不下去，現在有太多感情同樣活不下去。」天末隱隱覺得之白原本前來是要告訴她什麼，卻說了別的。否則之白何以如此氣悶。

之白一踩油門絕塵而去，車體幾乎立刻消失黑暗中。天末站在原地，長望遠處，總覺得有很多影像在黑暗中活動，人看不見的。

之白沒有追問她與離念原委，卻講了大量有關自身感情遭遇崩潰的故事，是在提醒她嗎？

天末知道自己不是對這樁婚姻絕望，或對愛情太美化，但是她的「點」擺在那裡呢？她祇知道這種日子很難過下去，她又不願意用「捱」的。是自己個性中缺乏冒險的因素？

送走之白，她回到屋裡想靜一下，意外地唐閎竟聞聲走出書房，根據多年相處，天末一看他的臉色，就確定他有話說。

他先倒了杯茶，照例沒有順手給天末帶一杯。他摸摸胃說：「好餓。」跡象更明顯了，唐閎一有心事就覺得餓。另個意思就是要天末給他弄點吃的。唐閎講話向不講全，以前認定那是含蓄，後來則把人弄得更疲倦。

她不經意掃到他手上的茶，從沒有一刻那茶如此刺眼，幻象爲壓抑久矣的潛意識。她多盼望能躺在黑暗裡靜一靜。卻依言朝廚房走去。

她向來認爲息事寧人是最省力的一種生活方式。

唐閦邊吃炒飯兼以茶下，天末等在一旁準備收盤子，吃食於她採速戰速決的方式最佳。

天末同樣一張報紙抵住眼前，他們不會有話聊的，唐閦不會問她去了那裡、會了誰。

不意唐閦吃下半盤飯後，速度竟慢了下來，沈思半晌，天末在報紙後都感到他那速度的改變，當然，並沒有好奇到想問清楚。

「黎之白找妳做什麼？」

天末仍沒有放下報紙，沒有回應，仍把臉放在報紙後面，她太有經驗，他們之間不定凡事皆需答案，往往是隨口的更像隨口，她尤其清楚唐閦對人的無心。

「嗯？」唐閦追加一聲。

天末放平報紙，口氣稀鬆：「沒什麼，出去走走。」唐閦的不安毫無道理，便反問：「你知道她來了？」

「我聽見車聲，她那輛車聲很特別。」

國外的夜總由心境，黑得沒有人味，無邊無涯的，不見盡頭，也沒有人的故事在其中。

因爲燈火對她而言不具任何意味。

她倆在如斯黑暗漫走，心裡的悶無由發洩，反而勾勒出雙重。

唐閎關心的是什麼呢？是誰來過嗎？她轉臉凝視窗後的黑，如果有天她念起這個家，恐怕最想的，是這扇窗台和窗外的黑。這屋子以坐在客廳往外看去的視野最佳。

唐閎見她沈默下來，不安愈益擴大，拿湯匙的手不停的撥弄盤中飯粒。

天末太了解唐閎了，唐閎不至細膩如此，他的不安與聽得出來之白車聲是因爲什麼？他和之白早就認識了？早就有一手？都在她來之前？而唐閎仍娶了她？之白卻嘴緊如此？

難怪她和之白永遠親密不了，是女性第六感使然？

唐閎並非好色之徒，就這樣反而可恨。

「你跟黎之白有什麼關係？」她直截了當問道。

唐閎反而冷靜下來，掏出手帕擦嘴角，這是他的習慣，一定隨身帶手帕，結婚之後，天末每天要記得在他口袋中放條手帕，他則經常的遺失。

唐閎重新收妥手帕，就這樣他還經常掉手帕？唐閎表情恢復冷靜，慢慢說：

「不是她影響我們關係的。」

天末幾乎是立即隨手抓起盤子往唐閎摔去，沒有甩中，盤子朝黑暗裡衝去。唐閎吃驚地望著她。

她不恨他發情及於別個女人，她恨他的算計，這麼遼闊的幅地，居然逼她走到窄路。他居然能不管她。

她完全不恨之白，之白如此放任自己，絕非「快樂」，尤其之白的寂寞。

她多想處理這事是說兩句刻薄話，輕鬆帶過，但是她偏沒有這項幽默感。唐閎仍站在原地不動，抿緊雙唇盯住她。

「你高興了嗎？」她慘然一笑，反逼出了眼淚垂直流到頸脖上。速度太快了吧？她流淚的架式。所以不是痛心。

她橫過唐閎身邊往臥室走，唐閎蹲下去撿地氈上的盤子碎片。再還原不了了，不用說盤子並非結婚得來的賀禮，就算是，也碎了。

她可嘆自己向不是大方成性，卻也不想死握住什麼。她甫畢業就出來會唐閎，堅持自己是愛他的，四年國外過去，她不知道自己要做什麼！她還愛他嗎？她這一生的單純是建立在什麼上面？就因爲向來不貪，應該得報如此嗎？

或者她像之白起初因不解人事才該受些罪？她去那裡找個人抵死呢？

他回臥室裡洗了把臉，鏡子裡一張年輕的面孔，可嘆什麼都不是。她聽到電話響？唐閎接了。五分鐘後唐閎才叫她：「之白的電話。」

她假裝睡著了，她料到之白會打電話來，她倆是附近唯一性情不生遠的朋友，她也料到之白是不會害怕失去什麼的。之白手上有不盡的選擇題，像他們唸書時應付的考試。他們在這種教育下長大，而她，偏沒有學會去選擇，發下試題後認定一律一個答案，以爲這樣對的機率大些。

然後唐閎把電話掛掉。人沒有進臥室。

國外那晚後沒有再見之白。以後或許也不會再見了。她眞心覺得遺憾。她決定回台北。

天末抓起報紙攤在臉上，才蓋上眼睛，突然半個月來響也不響的電話有了動靜，先是「嘟」地震了下，隨後拉出一長串鈴聲，抽直了她整個神經。

她從床上跳起身，窗外白晝，風景有限，夾拌著販賣、車行聲音，腳底下踩著的報紙上有人事氣息，在在這不是他鄉。

「可能是打錯的電話？」她十分遲疑地：「喂？」不太相信荒置多年的話筒仍能有消息。

「天末，我是媽媽！」

是唐閎的母親。

她流下眼淚：「媽媽——」

「唐閎說妳回來了，我和爸爸正想去看你們呢！這樣我就不去了，你快點過來，你爸爸等你吃中飯！」唐家媽媽一口氣講得天末喘不過氣來。

「要不要爸爸跟你說？叫他去接你？」唐家媽媽又追加一句。

「不了，我就來。」她慢慢放下話筒。

牆外是不同於國外風情的叫賣，怎麼？這事仍沒完？換了一種聲音而來？她站在電話機旁突然想再看看婆婆送給她的結婚禮物，回來後，行李全數未動，就拿出幾件換洗衣服，但是首飾在那一箱她記得，她不太能容忍看不見的亂。髒得明白倘覺好些。捧著誓言旦旦似的戒指、手鐲，她希望能找個機會還給唐家。留在國外唐閎那兒的東西，走前就處理乾淨了。

她並不希望這時候去唐家，她怕跟唐閎的父親說話。一個女人的親切常是禮貌，換做男人，往往有點哀求的意味。尤其她對男人一向不熟。

回來半個月，氣溫正節節上升，愈來愈熱，而且到處是人。台北這幾年變化最多的是人的增加，似乎隨溫度急遽上升。指數爆炸後再也下降不了，讓人無從定點自己的位置。所經過處，都不是定點。

天末摸摸臉頰，從路人的膚色中想到自己，她頭髮未洗、顏容素白，幸而她鮮少化粧，不致太在乎。眞面目也許殘酷，卻接近事實，她不定喜歡每件事實，倒喜歡這樣的事實。

唐家處台北一條老街巷子裡，具備舊式台北常見的溫柔木訥的味道。以前唐閎不太帶她回家，她去得少，所以每次走到巷口就開始注意起自己，走過許多次，沒有留心兩旁的環境或商店，如今再走，愈發陌生，彷彿第一次和筆友見面，明明熟悉的，又完全不認得長相。

她打量四周店舖，眞有點不像，隨即覺得可笑，就算從前注意到兩旁，恐怕現今也不復存在。時物全非，何況幾家小店舖。

巷口不遠有座小型社區公園，竄來喊去的兒童，精神不死。她並無「兒童相見不相識」的感慨，她以前也不太留意兒童的面孔。她根本是個活動量很小的人。偏偏她離開美國到現在，最後及第一眼所看都是唐家人，她活動的空間連心態都祇不過是社區公園？一個少了意境的生活？

有身影抽然晃過她眼前，是個小男孩，她冷不防嚇了一跳，還不願叫出聲來。唐家外觀倒沒變，原木大門無所謂新舊。公務人員的宿舍，少有變的機會。天末癡站了會兒還沒及按門鈴，裡面反傳出：

「誰啊?!」

她心往下一落。

天末因為不是嫁到這屋子，所以對這老屋難以產生家的感覺。又比作客生出些許罪惡感。作客至少是被邀。她該來，又無以稱上是不是心甘情願。

唐家媽媽一照面，劈頭就嗔道：「怎麼臉色這麼慘綠的？」拿她當自己女兒。

天末小聲喊了句：「爸爸！媽媽！」

唐家媽媽折進臥室裡出來遞給她一支口紅：「快去上點顏色，還有別的客人。」

鏡子裡，的確一張白臉，塗上口紅後更綠。她聽到廳裡客人的聲音。隨即想到「留美學人」這字眼，那代表不停的吃喝、拜望、接受讚美及詢問。

事實上她整個答案也祇有那幾句——「噢」「不是」「還好」及微笑。

隨著客人的增加，空氣立刻自動調整了比率及溫度。餐館裡請來的外燴服務員正在擺桌子，碗碟噹啷作響，夾雜著唐家兩老的話聲。他們知道唐閎和她的事了嗎？否則如此周詳脫了常態。

天末不經意瞥到鏡子裡徬徨的臉，冒上一個念頭——我不會眞應唐閎的話再回他那兒吧？

這一切多像個美好的開始，如果她不堅持，很可能這場戲頗有可觀。

她拉開房門微笑著走出去。

菜很多，很可口，是天末回來所吃最豐盛的一餐，她一直保持微笑，適度回答問題。席間交錯，她發現台北的人這幾年有顯著的改變。比較知輕重、有自信了，不似以前老愛比較國外，大家也懂得思考了。是觀光視界大開的結果嗎？

然而因爲她的歸來，話題仍跳不開外國——美國。

她清楚自己在笑，用歷練在布局，當然不致失誤太大。那笑，浮著一層蠟，很表面，堆砌她太多的木訥。

「以後，這會是我和唐家接觸的第一步？」她不自覺站起身。

「天末？」唐太太叫她。

「我上洗手間。」

鏡裡那張臉口紅褪色不少，不那般殷切了。臉皮反而上了幾分顏色，恐怕是酒精作用。亦多了份人氣。

接捧了把水沖臉，頓時清醒不少。唐閎果眞沒把他倆的事告訴家人？抑或用處理之白事件的方式，心態上是隱瞞而已？她更看不起他。

天末夾在客人中急急告辭，唐太太在客人面前自是不好強留。天末看得懂老人家的眼神，她走得更快。

同樣太陽，她覺得自己彷彿是陽光，觸目十分，而且放眼過去，陽光像片網罩，絕層隔音。眩昏的人群，不明所以的高樓，一切沒有道理又不失秩序。她突然明白之白爲什麼愛喝酒了。微醺中的世界，一切不相干。

她照直往前走，不再看行人，而隱隱中似乎有人一直跟踪她後面，她並不太放在心，迷路她尙且不怕，何況盡處皆人。

有人迎面而過，明顯臉上不帶絲毫訝異，可見即使身後有人不是很正常嗎？

奇怪是不遠不近的味道亦隨形附身不捨，聞久，像生命中一把鑰匙啓開了某段時期的記憶。中硯獨愛白花油，經常渾身擦的是這味道。她慢下腳步，故意漫不經心轉過頭去。像回首歲月嗎？她正待一笑——

後方味道凝在她四周。沒料及又似意中，靜靜的。

多少年後，中硯仍這味道。而且臉上線條一紋未增減。而且笑著，氣息擴大了。

「中硯！」彷彿並沒有那麼久沒見，奇怪倒有一股異地相逢的感覺，因爲回來後沒依慣常去找他嗎？所以不像在台北了。

「怎麼還是這老毛病？」

烈日炎炎，她總愛在下午時分到處逛，直走出一身汗爲止。中硯還記得。

她看著四周覺得更亂、更慌、更沒秩序。便一直笑。

「妳一個人？」中硯反應直覺而正常。

天末仍然笑，又覺得不那麼好笑，不應該那麼好笑，彷彿她的笑是被背後的別種情緒所推動。這情緒是她想掩蓋過去的。

她繼續保持靜默，一出聲必定高吭失調。因爲無由控制，更因爲年來失平。

中硯反應過來了，挽起天末向前，低聲問道：

「要不要坐車？」又忍不住：「看妳喝得！」

天末盯著他，知道該回話，卻回的是他第一句問話：「要不然應該幾個人？」

「總不至於三個吧？」中硯說的另兩個是先生和孩子。

「管他幾個。」她終於比較大聲。

中硯且不看她，一逕與她併肩，架她進巷口一間咖啡屋，她站在門口，不進去，也不走，更不吭氣。

「怎麼美國人的高興是這樣表達的？」中硯逗她。

「誰說我在高興？」

「我高興啊！」

她意識到中硯已經清楚她喝醉了，卻並不十分在乎。她彷彿從來沒有在他面前喝醉過，所以愈益固執，想挺直脊柱。不相信兩人中間四年未見，而她處於微醺。

「妳聽我的，我們進去坐坐，喝醉的經驗我太多了。」

她搖搖頭，嘴角倔強，眼眶無法控制因此酸酸的，完全堅強不起來的鬆弛。

「我要回去！」天末說，實際上是「唸」。

中硯立刻招手叫車，並不堅持。

坐在車裡，她的嘴角不那麼板硬了，身上的線條還恢復不過來，腰幹挺得僵直，她轉過臉遇上中硯的眼神，清楚意會到自己這輩子亦無法保證不再遇見唐閎。

她對他真的不是絕望，而是感到冷，她能說給誰聽？

他看到高樓環峙之下的平房，是唯一的。推門進屋後初升起的印象是不像剛有人住進，似即將遷離，天末家中人丁並不旺盛，現在更少。屋子固執得比他們要先感染歲月，滄桑味兒十足。

這個家，中硯進進出出數不清多少次。

中硯環視屋內，掃到她的行李，搖搖頭，半開玩笑道：「看妳比這老屋還固執。」

「我是比它老！」

中硯相應不理，想找水喝，桌上祇有礦泉水，他又是搖頭。她知道中硯雖不喜凡事立即反應，卻有他自己的意見。她才發現中硯穿得合身、舒適，不像以前總一條牛仔褲、襯衫，她就覺得多年來自己在穿著上一點進步也沒有。

她覺得眼皮好重，又捨不得睡，這是她回來以後沒有過的現象，同時人清醒多了。原來這兩者人、時配合上了，是可以並存的。

她把腿伸得長長的，彷彿想把觸角拉長一樣。

中硯拉了把椅子坐到她面前：「我從來沒有看妳老過！」果然他是有意見。是看她醉了所以意見不長？

她看著他，瞇著眼靜靜一笑，睜開眼看到中硯，嘆出一口氣後，愈發想睡。清醒、高興、酸酸的想大睡不起。

「妳睡一下，我回辦公室處理些事情，晚上再來！」中硯拍拍她的臉頰，站起身隨即離開，離開是一回事，如果眞有天大的事發生，他一定會先送她平安回家。天末知道。

奇怪他們的再聚並不轟轟烈烈，卻也並不生疏。所有中硯的反應，該有的都有，且一如既往，亦在天末預料中，想中硯於她亦有同感。

愈因爲這麼像從前，愈明顯他們很久沒見嗎？否則她爲什麼刻意留心？應該多少有點不同，他們爲什麼仍以舊往的面貌出現？

怕對方無法適應嗎？

她追中硯的背影出門，眼皮好重。那背影她在人堆中可以毫不遲疑認出，她對中硯有份很微妙的信任。中硯推門出去後，背著光坐在玄關上穿鞋。越過時光，又是歷史的某一刻。

她闔攏眼皮，這情景那裡見過。她睜開眼睛，正好接鏡到中硯回頭朝她點頭爲語，知道這是每一次中硯離去習慣的重演。外面陽光白亮，以前並不覺得台北的下午熱。眼前像夢中，已不是夢中，現實生活一年，抵過夢中百歲吧？眞教人不敢開眼。

在美國，家裡舖的長毛地毯，唐閎不太注意小節，唯獨無法忍受地毯裡有灰塵，他對居家最大貢獻是使用吸塵器掃遍四處，絕不遺漏任何角落，好像臨檢不法。唐閎每天穿鞋出門前，一定先用腳撥弄幾下毛毯，彷彿這是他消除疲勞的一種方法，她觀察他的臉色，從中知道他下班回來後要不要轟聲價響，看他臉色成爲功課一部分，好像這是她消除疲勞的一種方法。

不管他回來前她清理過沒有，他連問不問，祇相信自己的腳。她每欲衝口大聲叫他不要吵人，或者不去看他離家前的臉色、背影，可惜她辦不到。

面對中硯轉回身招呼，明知道自己在屋內、在較暗處，她仍然嘗試微笑回應。

院外揚起是一搭一調的叫賣聲，她不認爲吵。那是人聲。

夢裡，彷彿搖籃中，忽起忽落。她不覺不平。

她睡了一個回來後唯一的好覺。

「不要這樣！」她對著轟轟聲叫去！

胸中過分沈寂，夢中便不能太覺踏實，猛然醒來，捕追到車輪輾過的尾聲，在夢中加大了聲量。

「原來是車聲。」

屋內擺設陷在暈弱燈光中，彷彿失去面目的生命，大末在夢中被相似的吸塵器聲驚醒，沒料到現實中如此安靜。她先聽到室外車輪過後的沈寂，再看到室內的黑，弱燈下坐著的中硯，一時間，以為是唐閎！

唐閎精力過人，大半時間除去看體育電視，就是在晚上活動，有時候甚至閒淡無事的坐在燈下，她經常在這樣的動靜中醒來，深深體會唐閎和她生活方式是兩回事，而他獨特的自我意識，對她而言，構成絕對干擾。

她不明白唐閎憑什麼如此精神奕奕而無朝氣。

可是中硯把燈扭弱了，並且什麼不做，光在抽菸，彷彿等待，彷彿沈思，他周圍的光圈凝聚，戳也不破似的，同樣教人絕望，意恐他已經放棄了你。

她默默躺在他的背後。

中硯轉過臉、偏側著半身，雖在黑暗中，知道她醒了。

天末長長伸了個懶腰，院外的車聲更遠，他們這輩子的旅程似乎走到盡頭，下了車，又在傻傻的等車。在情緒上的確如此，孕婦會得產後憂鬱症，她不必新生，即有。

中硯扳正整個身子面對她，仍在吞吐，他們才算正式會了面，酒前不算。中硯笑問：「醒都醒了，還賴在那兒做什麼？」

黑夜像一床輕被覆在她身上，讓人虛弱與沈溺，她想這大約就是宿醉。

她伸手要一根菸，中硯點了支遞給她。

也祇有在中硯面前，她會想回復年輕時候的習慣。尤其愛在黃昏飯後銜著小巷，叼一根菸。台北那時有多條巷弄仍保有寧靜或個性，尤其土牆頭伸出一抹枝頭，點綴的天空分外綠，她往往一根菸一根菸的噴白大半塊天空。

一動一靜，無須多費解釋。

這些習慣到國外後，一點一點失去竟至想不起來。也許有人菸癮會加倍，都因爲沒有安全感，她則向來視巷中一支菸有一份鍾情，人、時、地不對，鍾情那裡開竅呢？

她把菸捺熄了。

「起來吃點東西。餓慘了！」中硯伸手拉她，發現那手變粗糙了。他以前很難想像她是要做家務事的。他快速走出院外，眞正覺得人的掌握中是有歲月。暗處不容易分辨，但是可以感受到。

天末步履隨後，走到巷口，中硯停在那兒等她，等她走近了：「想吃什麼？」

「走走看，碰到愛吃的就坐下來。」

天末並肩走在中硯旁邊，不那麼捱近就是，兩人的關係像一句話——「若即若離」。中硯懶得去想是因爲他剛才的態度還是天末一向的不喜與人近膩。

天末突然問道：「張慕文呢？」倒讓中硯心跳一下，有時候他自己都莫名感到這名字陌生得緊，又像路邊的小草，大片看來是熟極而流，分開辨認，全叫不上名字，然而可以確定，他們是在你生活中的。夫妻生活想起來亦是一整片，要分開來，未免無聊。

「妳是說我內人。」中硯逗她。

「你好記性，還記得內人的名字。」天末眞笑了。

「在家看孩子和電視。」他非間接說明自己婚姻生活無聊，中硯一向不太提及家庭，反正大家都得過下去，提不提並無法表示特不特殊，就像他的婚姻一樣，他覺得那是再平常不過的事了，値得結婚，不値得多說討論。

「怎麼樣？還有什麼疑問沒有。」

其實天末也祇是知道一個名字而已，中硯在信上提過幾次，光寫——慕文問妳好。不知道是眞是假，恐怕是眞的，中硯和她沒這份客套。她倒認識中硯以前的女朋友，唯一中硯大學交往過的女孩子，秀秀氣氣，功課蠻好，人也合群，很適合當女朋友，後來嫁給別人當太太了。

中硯從不自視風流，但也不非議別人的愛情不專一，反正各人有各人的路數，他絕不死板就是。

她肯定中硯在女友他嫁後，不會再去牽扯、死纏，這事名義上是關心對方，實際上是心態掩飾，變相的一種炫耀或不成熟。

所以也就不必問嫁給了誰。

也不必多問張慕文事。

經過的館子滿處是人，氾濫到形將溢出來，對於吃人家都別無選擇似的。經過一家偏小的北方食堂，再走下去仍是這情況，中硯看她反應，她笑笑，算認可。即刻有人招呼他們在角落小方桌坐下，人之多其實稱不上角落。手肘邊便是一面玻璃，館裡人影幢幢全倒映在玻璃上，耳朵裡聽到雜鬧，聲、形俱備。不知怎麼，她倒並不討厭這味道，她突然很想看人、擠在人群中。彷彿她被月半甚至更久遠前的黑靜擠壓出界，不再屬於那境地。

她突然發現四周有那麼多黃皮膚面孔的人。在國外她從不覺得白皮膚的勢衆，因爲心裡沒有那種人嗎？

「黃種人」？眞變成了一種顏色。

恍如瞎子見到了顏色，聾子聽到了聲音，整個人有了活動。

而且整個人沈浸在聲音、顏色中，她隨著顏色四處張望，盯住服務人員，看直了眼。不都說醉後最渴求的是安靜嗎？

中硯作主點了些小碟清淡的菜，還有花素蒸餃。

人群中，他們不過祇是十分普通的兩個人，永遠的兩個人。天末嘆口氣，再發現人跟人之間是不能多推究、也不必多想。

「什麼時候回來的？」中硯問。

「半個月前！」跟中硯對話無需敷衍。

中硯沒問何以到現在才出現。

「還要不要出去？」

她搖搖頭，答案卻是不能肯定：「希望不要。」

「爲什麼？」

她仍搖頭：「過不下去！」拿著牙籤在桌上畫弄。

「唐閎有外遇？」

她暗地一驚抬頭研究起中硯：「沒有。」她奇怪爲什麼要否認。

「那不重要。」她無意義的補充，眞的不是重點，所以懶得辯白。

「那妳把自己關起來做什麼？」

「時差吧？」

「年差呢？」中硯皺眉。

天末雙手掩面抹下，笑笑：「你們也許眞的是一年一年過的，我——」她不想再說：「我不認爲婚姻中的愛情很重要！」

「你們這種人未免太晚熟，一下要婚姻，一下要生活，全想透了似的。」

小菜陸續送上桌，沒一樣對胃。不好的情緒，永遠像調味，一點不對便容易把生活全盤弄翻。

「看妳瘦得，飯也不好好吃，把別人胃口都弄壞了。」中硯且不管，自顧下箸。在日常中，他恐怕看過太多這種人，實在無法一一接受，無法全部同意。

「還有什麼別人！」天末半晌方接道：「我就是我嘛！」

「我看妳是專門回來抬槓的，光在小事上面作文章。」

天末繼續沈默，她的確頗有發牢騷的心情，當然一時之間無從說起，漫無頭緒難免予人突兀之感。顯得她精神異常。

夜色分明已晚，但是時間彷彿並未流逝，他們一如從前，可以爲一件事抒發已見，也有講的情緒。

祇是講的事情背景已經不同了。

「看妳這樣子，暫時大概沒有什麼打算吧？」

她未置可否。

「整天坐對愁城？」

「那有這麼慘！」

中硯放下筷子，算是吃飽了，也才有了心情，他直視前方。男人一向朝前看的。中硯態度和緩得多：「天末，妳心情可以放鬆，但是千萬不要把自己弄成一個習慣性發牢騷的人，妳到國外四年，那是妳自己選擇的，再有不滿，那也過去了，否則妳要怎麼樣？」

她全身住在這串話。一顆顆花生往嘴裡放，了無意識嚼著，難以下嚥，胃裡並沒有餓或飽的感覺，心裡裝進這些話，覺得飽了。座內光線森明，情緒萬一不集中，很容易便陷入某段時光隧道中。

唐閎也很喜歡吃花生，所有乾果類中唐閎唯一喜愛的。可以一吃一大罐，好像在消解難題，她每每看他吃花生覺得難受，心頭發乾。走過來他在剝花生入口，走過去，仍在。果然有一次吃崩了牙，算是難題使得痛徹心骨。她沒有問過唐閎爲什麼獨沽一味，那好比一個人的姓名，有時候是沒有意義的。

就算有意義！也不過一個名字、一個嗜好。

館內冷氣似乎強了點。

中硯拍拍她鼓脹過分的臉頰，她仍在往嘴裡送而忘了嚼。

她一顆顆眼淚落在桌面，不至於崩穿木心。沒那麼痛徹。

天末抿緊雙唇，陡然起身往外面走，衝到玻璃門前，目睹映照的芸芸眾生，教人想起家，繼之記起鑰匙忘了拿。

中硯仍定坐原位，靜觀不動。她的鑰匙包靠在桌面，活生生像幅超寫實畫，中硯縐緊眉頭盯住她，站起身，率先走出店門。

他站在店門對面馬路上看著天末走來，手上握緊鑰匙包，臉色蒼白得不像吃過東西，倒像吃了暗創。看到他閉上眼笑了笑，表面上是事情過去了。

他記憶中的天末不是如此悶氣的，尤其一個人愈長愈成熟，有什麼事不能化解呢？眞是她婚姻起了化學變化？什麼事會比人爲因素重要呢？

「沒什麼了不起的！」他對天末說。

天末點點頭。

「有沒有情緒講講話！」

天末搖搖頭。

「我打電話給你。」天末說。

他想到她的電話低能症，笑了：「我打給妳。」

她知道中硯還記得他們家的電話號碼，便點點頭。

這樣的深夜和深沈，投在大地上的是暗影重重，一大塊連著細碎；他們一前一後走著，時而並肩，思潮內亦是一大片連著斷續。

「回去好好睡！」他輕拍天末後頸項。

天末推門進玄關，室內有些微月光，也許是天光。她站在微白中，指尖觸摸到手臂內端的清涼，掌心來回撫摸那面清涼，覺得了人體的潔淨。

但是唐閎和之白之間是始於什麼呢？

她並不覺得四周漆黑。

中硯久久佇立原處，門後始終一片黑。原本不明就裡的狀況，就更不清楚了。

他知道自己幫不上忙，人的年齡出發時都一樣，是人的際遇把同年齡劃分了長、幼。

他未必站在亮處。

離開沈家小巷，中硯信步回走，今晚，他倒有這興致，雖然夜沈到又快新的一天上升。這幾年他盡量保持一種心情，走一條爲生活而生活的路線，不容偏差。他並非毫無煩惱，卻絕不自尋煩惱，尤其不走情緒上的死巷。儘一切不去開始抱怨。天末帶回來新問題，以他眼光，不過酒麴發酒，走味不到那兒去，可能頂多有些發壞了。

「何苦呢？」一輛車駛過，不是回應。他聽到是自己的聲音。

幾個站牌分明獨立又數條路線共存在一塊牌上，不盡甘心似的靜靜站在月下，不想講話，心事照映成地面影子。而且變形了。

湊近了，路線圖上標明有班車經過他家，其實是他熟悉的，以前常坐。坐公車的心情是怕擠而以往並不覺得，現在則祇剩下這害怕。生活裡各種列車上大同小異。

事實上他心底一直不太習慣深夜坐公車，空盪得可怕，到達浪費的地步，彷如人生無著，歲月大段空在那裡。

但是車子若不期而至，你不能不上，無法任性到那地步。唯一可自我安慰——腸胃偶爾空一下，對健康並無損。

最怕是在空車上睡熟了，猛然醒來那滋味，除去不清不白，還帶點茫然。

唯一辦法是在車上抽菸。

離開幾塊不顯眼的站牌漸遠，他才發現自己這些年不知不覺中建立了許多對付生活的方法。

他笑了。他還很喜歡在車上看報。

回家，恐怕是目前唯一不必用太多方法的方法。

慕文來開的門，走到家門口他才發現忘了帶鑰匙。孩子已經睡了，慕文正在清洗衣服，她喜歡利用晚上做完家事，他則偶爾會嫌晚上不得安寧，又似乎那樣才像一個家，像一對夫妻。

他想到天末家中的安靜。

「今天怎麼晚了？」

「沈天末回來了。」他邊講邊發現慕文年齡比天末小，看上去倒大個兩歲。是因爲慕文的家居感使然？

「她一個人回來？」

「嗯——」他想想不對又太對了：「妳怎麼知道？」

「她先生要是一起回來，你們有什麼好聊到這麼晚？」

慕文收拾環境的能力頂強，因爲她最大的優點在於簡化事情。他記得兩人論及婚嫁後，她曾經鄭重其事地說：「我對生活沒有什麼要求，我希望我們倆的步調一致，這樣生活就不會太瑣碎，拖得太漫長。」

他想，如果感情有問題，辦起離婚，慕文一定同樣風格，快手快腳。

慕文重新去晒衣服，沒有再問天末事，他知道她累了。他倒有談談天末的興頭，就爲了她喝醉？或者爲了兩人四年未見？

可惜慕文沒見過天末，否則可以告訴她天末瘦了，以前天末是個圓中帶長的臉，現在成了長中帶圓，額頭上像胎毛似的短髮倒還在，柔軟地貼在臉龐上半圈，長臉頓時柔和許多，都說這種人倔強，恐怕是。

天末當年堅持去找唐閎，他問她爲什麼？是那邊生活比較具希望？會更長壽？愛情更多。像選擇題一樣要天末圈，天末選了最後者。朋友夥私下議論，分析天末是因爲太愛自身、不願感情路線斷續。果然她就是倔強。

天末現在恐怕更倔強了，那份孤獨，使她看來帶股落寞美。是她波及歲月？還是歲月波及她？

至少天末回來他由衷高興。一個人能退，未嘗不是好事。

慕文把乾淨衣服收攏進臥室，發現中硯還躺在床上，便瞄他一眼：「推廣組吳經理打電話來問你手上要做的產品企劃，定點在那個階層？」

中硯抓起電話要打，慕文奇怪地看他：「現在九點了？」

「好像還早嘛？」

「是還早嘛？還來得及嘛？」慕文口氣裡有明顯的調笑意味。

中硯攬住慕文腰身：「好累！」把臉貼在她懷前，不知道自己爲什麼脫口而出這句話，但是他確信自己和慕文的婚姻絕不會出問題，慕文所有反應都很正常，也不乖訛，更不刻意修飾。

「天末出了問題？」慕文又問。

他把臉拉開，抬起頭細細觀看慕文臉上表情，不相信女人直覺如此靈敏，貼切地說，是他無法置信一個女人的分析結論。

「嗯？」慕文反測他的反應。

「沒有。」他重新倒頭睡下。不清楚爲何要爲天末掩飾，或者不願意多說？

慕文一件件衣服疊好後收到櫃裡，頓時，空氣裡少的是她疊衣服時的動作，而非經過日晒後的衣香。不去仔細追究，人的種種貞不缺什麼，雖然很多事其實已經變質，少的不過味道而已。不必再多姿態。

慕文踢他的腳板底：「去洗澡！」

對面或更遠的戶戶門窗內黑靜連片，偶有透出亮光幾間，再亮的燈火於深夜彷佛都經過夜的折射不那麼刺眼！如果不深想，猶有燈火與燈火闃暗的門窗後不也是個家嗎?不該有不同的問題。他知道要維持一份平凡確實不容易。

「快去洗澡，男人就跟小孩一樣。」慕文一把拉上窗簾。她要睡在全黑裡，他們婚前曾經就睡眠習慣溝通過。非溝通不可，他在婚前沒有碰過慕文。很奇怪，他一直認爲這是一個男人的愛情品德。他不願婚後看輕自己太太。他凝察。慕文的臉，想到她居然比天末小。

「妳晚上做了什麼?」他脫口問道。

「明知故問！」慕文簡短回答，連說明都懶得，那表示她想入睡了。的確，一個年輕的家還能有些什麼呢?他們在生活中彼此已經那麼熟稔。可說她的一切決定是因循他的意思。

慕文堅持孩子從小要養成獨立的習慣，三個月大便讓孩子單獨睡一間房，可是在日常生活上她盡量幫助孩子培養快樂、誠實的個性。他沒辦法多加意見，孩子小時候幾乎全是「媽媽的小孩」，何況他分心孩子身上也較少。

他洗完澡，慕文已經熟睡。屋裡孩子沒有母體似乎離他更遠。屋外黑暗連連，天末的不愉快傳染他到這刻才翻騰上升，彷彿多年來的秘密湧上心頭。像每個男人一樣，他不能免於情慾及希望，可是他受的教育和個人修養，他更願意尊重別人在愛情上的選擇，他一直很喜歡天末，說得更肯定，他一直十分愛天末，到達一種愛惜的程度。他曾經想過多少次和天末自然熟悉過一輩子，後來才覺悟全不可能，眞正讓他放棄的，是發生在天末身上的一件事。唐閎在國內時，他們經常結伴閒散，偶爾出遠門大瘋，彷彿無歡不樂。每次出去總是男生、女生分開睡，當然是爲了省錢，他自己和天末也在暗處並肩散步過，覺得身邊有團熱氣，他經常有衝動想懷抱住這團熱，因著夜把熱藏在指尖無法動彈。

唐閎走後，天末照常隨大夥兒出去玩，無論遠近。他更努力壓抑自己的懷抱。爲了這念頭，他一直沒有碰過小湯。他大學裡唯一交往有紀錄的女朋友。因爲他沒有先擁抱過最早想擁抱的。小湯逐漸有感覺問他，他未置是否。小湯是在一份極受屈辱的心情下離開他的，而且很快便嫁與他人。大學都沒唸完。不知道是急於擺脫還是想證明什麼。

時常去的地方是台北近郊海邊，週末去，星期天晚上離開。夜深後，他最滿意時分是和天末坐在沙灘上講話，並不隱蔽，大家雖然因天黑看不眞切他們，但是知道他們在那兒。交往經年，他和天末幾幾沒有再好說的，天末經常會問他和小湯的進展，並且講一些和唐閎種種，配上浪潮聲，聽得見、看不見，愈發十分動聽。無論她講什麼，他全部接收，其實再瑣碎不過的話題。往往越坐越冷、越坐越晚，他叫天末靠近他手臂，或者他握著她的手，說來奇妙，總是在那一刻，他覺得天末像他的小孩，他關心她的程度超於愛她的程度，他往往握痛她。天末直覺反應是轉頭凝視他，黑暗中的眼光，讀得出來她在想什麼，兩人都不願說破。發生次數愈多，愈不願說從頭似的點破。

有一次坐到近夜半四點，海邊天亮得早，早釣者陸續到達，原先夜觀海天的夜遊者則逐漸離開沙灘，回帳篷還可睡個早覺。是一批他們同樣的人換成一批完全不搭調的人，讓人心頭一鬆，彷彿監視者撤退。其實那祇是外在的，他們心裡的聲音比什麼都大。

天末先是靠在他肩頭睡了會兒，風一吹又醒了，大概也因微曦，那時眞正祇剩他們兩個。天末的額頭支在他臉頰，很近很近，那份熱的感覺。

他緊緊把臉頰貼近天末的熱，天末無聲震了一下。別人不容易感受到的，爲什麼要別人知道呢？他順著那熱輕輕貼住天末的脣角，天末大幅度震抖起來，和他的心境完全不一樣節奏，那一刻他覺得從未有的平靜。天末雙手抱住在胸，他則支住兩人的重量。他輕輕親著她，因爲平靜，連熱也沒有了，兩個人彷彿以嘴交談，而且是君子之交。他連擁抱也不須。從來沒有的溫柔。

他離開那團熱以後，天末仍依在他懷裡雙眼望前不說話。就那一刻，他仍知道天末不是他的，天末不愛他，因爲她太淸醒。是因爲在他觀念裡，年輕的愛一定要熾烈可感嗎？而他們的反應偏那麼平靜。那時他們都太年輕了。

如果他逼問天末，天末會留下來不走嗎？如果他願意說，天末會答應嗎？他又寧願她試過錯誤再回頭。

就沒想到眞正回來，那麼令人心痛。

天際微明後，他牽天末回帳篷，兩人分別睡到男女生那頭去，一路上天末沒有開口，他則努力逼去和天末聯袂離開海邊的念頭。天末走走抽回手，他反力拉近她，這次狠狠攬緊那團熱、親她。心情再無由平易。太陽似乎一躍急速蹦出海面，像他的心。

天亮後同伴們早泳去了，他一直睡到近九點。隔壁帳篷天末亦已不在。他循人聲走到沙灘最前，一層一層的浪痕，前湧後描。望見她和一群人在玩排球，那些人他大半不認識，年紀相彷便是，他坐在不遠看海，看他們玩球。覺得有點感冒的跡象，便不停擦抹白花油，他知道那不是夢。

沙灘後回到家裡，一整夜他躺平在牀不想動，天外雖已黑，還是個不太晚的晚上，於是有很分明的吵鬧聲。熄燈的屋內，偶有光影、車聲浮掠，他仍不想動，那些動靜都不是提醒。他猶豫在心要不要打電話給天末，後來決定試試看。電話一直占線，終於撥通後，天末母親接的，揚聲先叫天末，再說天末睡了。不相信她睡得著，然而天末眞的整晚沒有電話來。他尊重她的感受和決定，不認爲天末是在逃避，他以後一直沒有再提那晚的事。

但是眞正讓他放棄死心的，還不是這件事。他把頭埋入枕頭靈魂深處似的動也不動。身旁慕文已進入夢鄉，那麼近。他從沒有刻意欺騙慕文，隱瞞和天末種種完全出於不知從何說起，她那麼近，讓人無奈，就因爲太近。枕頭香軟，彷彿夢也掉入更深。實則是他生活之外唯一的要求了。

那事不久天末找到他，她有一段時間行踪無常，他起初以爲她在躲他。沒想到不是。其實早該想到的事。天末說出後久久，他仍無法聯想。

「我懷孕了！」天末算沈得住氣。

「誰的！」當然不是他的！他立刻浮上沙灘親吻的畫面。

天末訝異的盯著他：「當然是唐閦的。」

唐閦不是出國了嗎?那麼是在他走之前了?該不該通知他?他想的都是些立即要辦的事，可是天末顯然不是這意思。

「我要把胎兒拿掉。」天末已經有害喜現象了，看什麼都噁心。

他搖搖頭，潛意識，不代表任何。那又不是他的孩子。

「你陪我去。」天末強止住噁心。的確是不去不行了。

「唐閦呢？」他奇怪他們男未婚女未嫁，懷了孕憑什麼不結婚？

「他暫時不會回來，而且我不打算通知他。」

「這又不是妳一個人的事！」他壓抑不住自己的微慍更進而轉成盛怒。

「原來並沒這個打算，反正以後還可以生。」

「那就不要懷孕不會啊？」他不懂爲何有如此反應。實則唐閎與天末交往的程度，這地步再平常不過了，偏他無法承受，無法想像。

「我又不是故意的。」天末亦不肯態度稍溫和，是情勢已經消弱了，口頭上便不願再低姿態。

她對中硯的感情起初是再正常不過，兩人同學，中硯比班上同學成熟些，但不至於做成領袖型的人物，事實上她們都不太了解中硯，祇覺得他比一般人消沉、無爭，功課永遠平平，某些理性的學分成績便高些，待人不好不壞，大家卻不太能跟他吵得起來，每次他們看到「中和沈著」這類字眼，很容易聯想到中硯。

他們後來比較接近又更進一步，是她第一次戀愛失敗之後。

那是一個很出色的男孩子，更正確形容，是一個頗出鋒頭的男孩。是不曾愛過的女孩的幻想。

顯然是根本都不懂「眞誠」爲何！光是沒有節制的愛。要傷害彼此，也是必然！而且回頭不得！扳不住顏面。

根本也稱不上愛！

她卻鬱鬱寡歡，經常發呆，同學關係一塌糊塗，並想到這輩子可能都不會再愛了。連那人的朋友也一律避開。後來看到那人在校園裡，身邊有人，狀至愉快，她眞不懂。走進教室，坐在週末的教室裡發呆，中硯在角落看書，她步出教室，一直往校外走，就算碰到那人也不怕了，當然不希望自己是形單影隻時遇上。她往前走，校園就那麼大，像人與人的緣份；眞不怕，眞就遇上了。她看著那人，想表示她並不放在心裡，後面有人跟上來，陪伴她身邊，是中硯，她一些不吃驚，直直盯住那人。

「不怕他也不代表什麼。」中硯對她說。

她暗吃一驚，不意自己竟有反應。她收回視線，中硯陪她遍走學校附近大街小巷。年輕的日子不怕浪擲，她倒銘記於心，比「感激」深一層。

他問起天末往日情節，天末說的都是些覺得深刻的交往，說得十分激動；想她今日如此無言，是領悟深刻的痛未必說得出來，即使說得出來，未必激動。

那刻她說出來後，也就好多了。都是些心底自打的結。

直到天末另結識唐閎，他們再度較疏遠，可能更多的是忌諱。

沒料到，再次會爲天末解決情感障礙，仍是他！

他的打算到那一刻爲止繼續不下去了，一個女孩如天末肯與男孩肌膚與共，什麼承受不住？什麼日子過不去？而天末似乎從不怕他失望、難堪。

他陪她去了一家郊區的婦產科，天末這次很勇敢，似乎頭回感情的傷害及於心所以難受，這次則傷的是身體，便堅強得多。

反而是他受不了，天末事後打點滴，人尚在痲醉中，無有知覺，不舒服了會亂翻身，影響針頭定位，他大聲叫護士，並且按住天末，脾氣沒來由的暴，罵護士一點也不負責，指責他們草菅人命，護士白他一眼說：「本來是！」

她醒來以後，堅持立即離開，郊區風大，黃昏的光愈發襯托出她臉色慘青，她不願意馬上回家，也是不太走動自如，臉色倒好，大約是除去一塊心石。不會有失落感嗎？他眞想問天末。

他們上了一輛停靠終點站的空公車，坐在裡面休息，天末平躺在車尾，他背著坐在前一排。他們擁有的秘密都是些說不出口的！不知道怎麼，她腦中一片空，慢慢睡著了，大約在醫院神經繃得太緊之故。

他醒來時，天已盡黑。那以後，他對天末的愛惜變成了交情，體會到一些什麼，而且懂得頗快，彷彿是在天末的感情事件中逐次長大。讓人無奈，無法招架，無法拒絕。很多事絕對是沒有自主權的，他相信。就不知道天末後來對唐閎說了沒有？

他轉臉，不意慕文正靜靜睜著眼睛看他，眼裡沒有半絲睡意，十分淸明。

他望著她。

然後伸手攬住慕文頸項，手指摩挲她耳根及頸後細髮，閉上眼，想就這樣入睡過去。心裡擋也不住的悶，無法塡什麼，無法掏出什麼，祇能回憶。

他不禁在夢中深嘆一口氣。

「沒什麼好煩的！」慕文想必仍睜大一雙眼在看他。

「我沒有。」他閉著眼回答。

她拿開中硯的手，轉過身去。中硯睜眼，面對是慕文的背脊，動也不動。

「睡啦？」他問

慕文沒有回應，他知道慕文並沒有生氣，恐怕最需要的是睡眠。累了一天。

他雖須顧慕文想法，仍忍不住輕輕下了床，開了房門，客廳一片黑，浸在窗外透進來的天光、霓虹中。

關上房門，並沒有關上天外飛光，亦沒有助長光的擴展，靜靜在地、在空間。他靠坐沙發內，點上一支菸，黑的四周、白的煙，透明似的天光，他從來也沒有喜歡過，如果這其中沒有人，那算什麼溫度。他努力保持的，就是「正常」，四周卻有太多失常。

第一次，他發誓要好好把握這個家，他要在這個異數環境中，平凡過一生。全因爲慕文的簡單、正常，使他不至於疲累，人的一生能有多長呢?!即便失常中有他所愛、回憶。就讓它永遠祇是個故事吧！他要用最正常的心態、方式來面對天末。

四周除了他，彷彿都在互相牽制，天與地呼應、蟲聲、風聲、車聲。慕文一定知道他離開臥室，不來打擾，這就是退一步吧？從沒有一刻他那麼感激慕文。

他希望天末能了解他的感受。而且是她自己明瞭的，以後他會好好對她解剖，用平穩的態度。他暫時不會去看她。

飛機在台灣本土上空盤旋時，大部分旅客早按捺不住蠢蠢欲動，就之白仍按身不動，手上一支菸在指間而未燃，菸抽多了，什麼菸在鼻尖都沒個性，但是她眞偏愛這味道。愈散漫愈喜歡。

她把眼睛閉上，機身在氣流中逐漸下降，可以感覺得到的一種動作。間而升起，是她體內一股殘忍後的快意，莫名的，外表看不出的動作。彷彿神鬼不知地混進敵人第一陣線。很殘忍的戰爭。

是的，她回來了。

並非像麥帥所言——我會再回來。

不必轟轟烈烈，她祇是回來了，不需要掌聲。

溺水的人，不該迫切渴望浮到水面上呼一口氣嗎？

車在高速公路駛往台北途中，靠在椅背，她竟沈睡入夢。

一盞燈熄後，彷彿那屋子失了主。繼之是另一盞燈熄去，獨獨郁以淮屋中滿室燦然，夜末，四周盡黑，他屋內仍亮！

她站在路對面，靜靜堅持那盞明亮熄去、離去，眼看即將天明，夜露沾滿腳背，她在心裡狂喊：「熄了我就走！去睡啊？」

鄰幢室內忽再度亮起，一盞盞頃刻整片社區亮滿。「爲什麼要這麼折磨我呢？」她想，掙扎著不離去，天亮後，無所遁形，要不要離開？

而滿屋通明，獨不見他走動的身影。

「死了嗎？」該不該進屋看看？有人走到窗前。

「不要開窗子！以淮！」

窗子推開了，不是那張臉。

她不禁掩面！

猛驚倒地睜開眼，指尖、頰上默默不肯肆意的淚水。窗外是點到即止的丘陵地。她有許多年不會哭了。即使夢中。

以淮不算她最先的戀人，目前爲止，是最後一個戀人，出國後，就沒有談過戀愛。人地不宜。

以淮家裡從頭到尾十分喜歡她，他們談戀愛那幾年，有時候回他家去玩，走到門口，先不進去，閒淡放心地在周圍巷弄裡散步、淸談。以淮有次指著他房間窗口說：「我房間是純粹男生的房間，人在的時候就開燈，要睡覺就關掉。」「那不是跟打暗號一樣！」她說。

以淮那時候其實還是個孩子，他們同年，以淮比她小幾個月。一直到她出國，以淮都仍是個孩子。她也是。

他們沒有發生過關係，所以，對他，她沒有來自肉體上的繾綣。那種愛意，即使再發生於別個男孩，祇會想到以淮的好，種種溫暖，無關溫柔。會思念，但是永遠不會是份頓悟。每份愛，來自內心的，大致相同吧？

她毅然嫁給了和她發生過關係的人，但也不是第一個。

唐閔就是其中一個。

來自內心的思念，她夠怕了。一個人和一個人有關係，又沒什麼屬於時間性質的關係，不是很好嗎？

天末沒出來前，唐閔因怕寂寞，所以很熱情，並非毫無顧忌，因此愛得更傳神。他們在許多場合見面，她愈放任，唐閔愈急；天末到達以後，唐閔整個冷了下來，那冷，並且及於他和天末之間。這樣的愛，不是簡單多嗎？可惜天末太在意。破壞了這種變態的平衡。

她一直十分佩服天末的堅強。

有時候她從城裡開車回家，經過唐閔院外，她慣常喜歡在深夜回家，少掉許多眼光，其實別人看不見的。無論多晚，唐閎書房俱亮著，還有門燈。

第一次，她駛過後，追念起那燈處。天色青黑，即將破曉，那城市一逕是冷漠。她繞回頭，停在唐家不遠，她後來才發現唐閎有亮燈的習慣。他們有那般親熱紀錄，她卻連唐閎生活上小小習慣不知，可見親熱不等於生活。她在天邊抹白時離去，正像不光明的戀情，沒有時間性。

「沒有生活！」她握住方向盤，自我嘲弄。缺乏任何情緒。

以後便偶爾駐車觀看。直到有一天——

是個沈悶的夏夜，空氣中的燥熱，使一直要等到黎明前退燒似以後，才是眞正晚間。她抵在駕駛盤上，偏過頭，凝望唐閎書房的燈特別暗，也許扭弱了，也許是心情。

突然，車門被拉開，她本能正要大叫出聲，發現是唐閎。

她立即發動車子，在九條街外才停住。

「爲什麼這麼晚才回家？」唐閎問。

「睡不著！」

「不能找個好點的理由？」他就算生氣了，也是口角生冷。

「對你有什麼理由好找？」

「爲什麼要偷看我的窗口？」

接踵連二「爲什麼」？她捺住要冒出「愛你啊」的嘲弄，旋即認知這未免無聊，便淡淡地說：「誰家窗口不都一樣？」淡到幾近殘忍。

唐閎並非不懂她的心態，那一刻，卻不太能相信，他自己沒有如此心態。

總之，他和之白的關係在天末到後戛然中止，沒有任何段落，因爲沒有結束的情緒，愈彷彿之白玩弄他一場，如同對待其他人，毫不在乎，一貫行之，他隱隱受到了屈侮。

他聽得出來之白的車聲，尤其夜深人靜時，屈侮心並隨車聲同樣明顯。窗帘後之白熄掉車燈，甚或祇是暫關引擎，不久離開。他先以爲她要找麻煩、刺激，不敢妄動，繼而相信她是來續舊情，他終明白，之白有諸多習慣，這不過其中之一。後來培養出來的，更讓他羞惱。

「妳窺視我的家庭生活！」唐閎刻意扭曲。也是發洩。

之白冷然一顧：「你管好自己那盞燈就夠了。」

唐閎懂得她所指盞燈爲何！說得是他心口的鬼，另外深夜不眠的理由。

他仍反問道：「妳什麼意思？」

「你少來管我，我不必有意思，尤其是對你。沒意思不也可以相處嗎？別以爲衣冠禽獸不是禽獸？」她火了，把自己也抛到要謾罵的圈子裡。

唐閎冷卻下來，沒料到之白凡事如此徹底，談不上是徹悟。顯然之白眞是不怕事、不怕事實；她沒有當面談過自己，全是旁人觀察，累積而成的結語，所以面貌不同。

眞正讓人害怕的一種個性！

他俯身向前，迅速舐到她的唇邊，天氣那麼燥熱，她卻泛冷。之白紋風不動，不反應，不拒絕！

他收回身子，還沒有看清楚她的臉，衝面就是一耳光。沒有打傻他，祇整個臉頰發熱，可想恰覆潮紅一片。彷彿他腦羞成怒。

「我不欠你任何！」

他無聲勢反擊，他的婚姻、人際、工作不允許！奇怪，他第一個想到的是婚姻，那時候他尚不忍傷天末。

他推開車門自行徒步回家，之白不會張揚開，沒什麼好張揚的。身後之白同步似發動引擎離去。

不祇天邊清曉可見，整個四周表明態度似的開朗澄靜。他但願能當自己是晨走，可是年齡太輕了。

之白是冷酷的，大可證明。每個人有他的生活方式，他要變成一個怎麼樣的人由自己決定。

「我是太嫩了！」他告訴自己。不願點破自己——「是太天眞了」，寧願祇輸在感情收付上而非整個成長。難道他對之白沒有一點點期盼嗎？當然有！而且不太甘願承認屬於肉體成分，精神？毋寧說是「苟且」，還有一點點好奇！

現在完全沒有了。連「過一天算一天」都不復能夠，之白就是太絕了。

天末到後，經過之白，他開始會比較了，天末的誠摯，是好、是種個性，夠不上性格，尤其長期面對，像看本好書，之白則像命相書，明明白白條示，每一項分析都反應出一種個性，一個不同，而且可以是隨時都具備翻查的，版本不同。這種比較讓他痛苦，無法面對天末。

他恨不到之白，天末終究是最近的。這是他對天末轉而冷漠的理由嗎？

他不知道。不願意坦白，於是晦澀。

之白記得從後視鏡裡望到他，想到那一點點窗外燈靜的樂趣也沒有了。

她無力責怪唐閎多此一舉。瞧不起他沈不住氣。

天末當然不會知道，他回家後也許仍進入書房，永遠的表象無事，祇受著知覺其中滋味。外界，誰看得出呢？

衝面破曉而去，想到天末所受暗潮，完全不具喜勝之心或同情，分外覺得和天末遠了。在國外難得的友誼質料。

天末怪過她嗎？一個已經不像朋友的人。奇怪，怎麼夢到以淮呢？

進入了他的領域嗎？有許久，她根本不去想那張臉了，那張面相永遠衹具備一種情緒，單純、憂煩、明朗、健康。單純居多。

隨時入心，都會教人陡興起落的臉。如果健在，看到她，會怎麼說？她這張不比從前的面容，臉型或者變化少，包含不一樣了。

「妳臉上的表情很複雜，冷冷的，可是亮亮的，隱隱泛出熱情，很像貓。」天末仔細端詳，曾經說過。

她當即仰首狂笑，天末又說：「現在像豹子了。」

天末說得對，她有一切貓的習性，在國外更形頭角表露。

她是回到台北來了。她不恨台北，不怕台北，竟如對唐閎的心態。是有過熱情的，某些更大的忌諱超過這份喜愛，因此回不來。無關道德、義氣，更不是目光的轉移，是更大一種情緒淹沒了。對唐閎是天末的友誼；對台北，就覺得是某個階段過去了。

再回來，是回到那層次，那階段記憶！她整個人早變了。沒有關係。

也許可以去看看天末。

也許以淮的墓！那盞燈外。

具備的，竟然全爲以往心境。

落眼窗外，全然陌生，一條從前沒走過的高速公路，讓人心熱不起來。即使有嶄新的路線，沒有新的感觸。連重複也不是。

醒過來再睡不著。

眼睜睜看著台北近了。

天末在黑暗中醒來，實際上白天睡多了，即使閉眼也很難完全偃息，陷入一份不安定，像煞幾年國外夜晚。總是時續時斷的夢中，通常在極度燥熱的流裡醒來，白天的難耐壓至夜晚湧現得更強烈。潛意識一再捱不下去，會以爆發性的狀態抽離出，通常那就是噩夢。實則明白會過去的。然後躺在似夢非夢中，直直伸長了四肢，覺得冷。虛掩的房門透進微明，光亮有了距離之後，往往會不知來自何處；當然是唐閎的書房。有了距離，溫度弱了。

他在這麼晚仍做什麼呢？她下床去看過。

唐閎並不在書房，根本不在家裡。書房的燈兀自亮著，彷彿主人恆在。倒像她看花了眼。

確實清楚他是不在，忍不住想：「他去那裡？」

屋外仍黑，看不眞切任何！他捻亮光明，又去了那裡黑暗？抑或他刻意留下一盞燈火？每一天。

她在客廳坐了會兒，沒有開燈，假裝沒有這回事。

躺回床上，再睡不著，又有五分倦意，迷糊中，聽到唐閎開門輕聲回到書房，歸復平靜，沒有任何事！大家都似乎那麼想。她在迷迷朦朧中入睡，像老年人的回頭覺，不是原來的一場睡眠，又不能獨自存在。

她剛到美國，還沒有太多心事。還睡得著，還不想放棄這樁婚姻。所以不吵鬧、揭穿。初初是感情所想，後來是不想，都沒有開口多說。

她知道他回來了，不知道他去那裡。她後來追臆是會之白去了，因爲知道了之白的生活種種習慣，譬如愛在夜深時分閒蕩。

她再度側醒，是身體先有了感應，唐閎在床上躺下。通常這時候他就算完全沒事，也會躺在書房的客床，何況窗口已經透露清輝，即將大亮。她假裝不知道他先前出去過，所以靜臥不動。

唐閎先是擠她更往牆邊靠，再環抱住她，而且愈靠愈緊，她裝不下去，便轉過身問他：「怎麼了？」唐閎不說話，仍侵略地盤似的緊靠，他們已經是夫妻了，所以更知道唐閎平日，唐閎根本反常，而且突然；她立刻想到他在外面受了什麼刺激？又問道：「怎麼了？」

她明顯感到了他的不耐煩，但是仍不說，不願意跟她說？不能跟她說？行動卻絲毫不放鬆。好像一個人想歸想、做歸做，表裡不一。

「別這樣——」她看到窗外眞已灰明，雖則睡過一夜，等於沒好睡，況且無法避免想到他的失蹤，愈發心不在焉。夫妻名實，不能拒絕，祇好消極地躲，她問自己：「能躲到那裡去？」如果唐閎自動說出他剛才的去處——

唐閎不說話，態度開始強硬。他不說，她不查詢，不知怎麼，她祇覺得髒。窗外的光，愈形刺眼。

天末閉上眼，發現這份厭倦感，是無時皆備，不會好的了。她厭惡他的自私。「是那天開始譴責唐閎的嗎？」也隱藏一段祕密，窗外天光照眼，她似乎清醒不了，決定永遠如此下去，責處唐閎，並且有心隱瞞自己的存在。如同隱藏一段秘密。

後來，她不再起床探究，但是彷彿他並不再外出。他在家也祇顧自身，她獨處，連發洩的機會都少，所以關於拿掉孩子的事她始終不提，那麼隱密的事，是屬於他們倆個的，祇有她一人知道！她暗暗覺得了置唐閎於陰狠處的快意。

很多事，爲什麼不須怎麼費力就可達到目的呢？那份快意，能持續多久？而且已經不是國外了。

微明中輕易望見電話的位置。像一則感覺似的，不看也知道在那兒，隨時傳出訊號。

她直瞪電話座。中硯當知道這號碼。

以前，他如何能坐視在時間裡捱過，他們再見輕易，像夢中。現在清醒是現實，中硯照以往個性，早有行動了，他知道多麼晚打電話來她都不會奇怪。

以淮死訊到後，她常起衝動想撥個電話聽以淮聲音，千里之外，就算眞是以淮未必傳眞，壓抑最後，發現僅撥號碼便能解懷。

之白直接反應抓起話筒便撥，每個數字皆毫不遲疑。如果以淮家裡沒搬，他父母白天總在。

「喂——」那頭是個年輕女聲。

「請問郁剛在嗎？」之白問。

「哦！請等會兒！」

之白亦同時掛掉電話，確定郁家仍在。「奇怪這女孩是誰？」聽聲音可以確定是個年紀仍輕、已有做事經驗的女孩。聽到一點訊息了，便想知道更多。「無關貪心吧？」她想。

是好奇嗎？人都死了，還能知道更多嗎？好像有點無聊了，但是她從來也不想多管一下自己。

知道以淮死後有一個月她沒有喝酒、沒出門，並且戒身。她從來不相信好人有好報這話，至少她不是在這行動中尋求安心；而且，好人、壞人怎麼分呢？應該是對過程的一種致敬！另一個階段了。

以淮信中要她好好過，他一點不怪她。以淮先前不是這性情的，以淮生性活潑、反應快，標準唸理工的料。她問過他：「如果我變心了呢？」

他臉一變：「愛情是要有代價的！」

他應當會嚴厲的懲罰她，而不是懲罰了自己，所以之白一直不太相信以淮真已死。

再睡不著，她倒杯冰水，也因爲醉後。靜靜坐在電話旁，不等什麼，想不起有誰可以深夜打電話。

「而且中硯現在有家了！」她想。不覺黯然一笑。

冰水沁人，放在頰腮，覺得了肌膚的熱；有了冷熱，才發現是不是因爲有了感情的活動？宛如冰遇到了熱情？

一顆顆淚水凍不住地往下掉，像融化的冰。

要靠中硯的感情來融化嗎？她再不能強忍大量淚水往下流！想不到會走到這一地步。

這一刻她又怕極中硯來電話。在友情、愛情的分界線上，是靠什麼把持呢？

現在，她怕透自己，一切幻滅後的情緒都很可怕，不是大好就是大壞，極少數才能復歸平靜。

天未指尖在話機上來往輕撫，腦子裡盡是一片空白。

「這樣也可以是一生？」她問自己。怎麼似乎提前在養老。

天已全亮，可以看見光線從窗帘後滲入，一旦拉開窗帘便可盡收眼底。「也好！」她想。

多少年來她已習慣晝伏夜出，白天睡覺也要有點本事。

黎之白意外在絕對白日中猛醒，雖然室內闃暗。門把上掛著「請勿打擾」，當然不會有服務生來擾人清夢！是時差嗎？分明她又已倦極！

飯店在鬧市中，出去便是一個世界，有吃、喝、穿、玩，而且離她父母家宅不遠。她無可如何地笑了，覺得自己眞像貓，亮著一雙眼睛眈眈於目標。天未早說過她像一隻貓。

回來的第一天，又是住在飯店，顯然不是個家居生活架式。她腦中迅速閃過一個號碼，要講家居生活，這號碼足可代表，郁以淮家裡的電話。很奇怪，她一直沒忘掉，其實並不刻意去記。

撥開窗帘，隔音深重，她這房間坐西面東？陽光雖無聲，並不安靜，是個眞實的世界。她決定先去洗個頭。

中硯仍沒有電話來，這一天早晨顯得忒長，以前並不覺得。天末望著手上的報紙不自覺苦笑怔忡：「可見期待並不是什麼好心境！」瞄到求職欄林林總總工作，彷彿生計頗多，更意味無從選擇。多了，和沒有是一樣的，祇有一途。

整理一下心情，應該找份事做，過一份最起碼的生活。想到這點，便不禁仔細多閱覽欄上，有些職業完全以一副嶄新姿態出現。新的人生尚可，新的行業？她不覺搖頭無奈。

電話竄響起，她直覺想——是中硯。一聽呼吸，她知道是唐閎。

「天末？」唐閎叫她，類似他們以前談戀愛的語調，然而不是了。這時候他那兒應該是夜半。

「是我——」她停住了話。

「就是看妳到了沒有——」

她仍沒說話，她離開他至少半月，他問她到了沒有？

「妳回來的事是我跟媽講的！」

「媽打電話來了，我們見了面。」她在他身旁，仍不能很快忘掉什麼，譬如對唐閎母親的稱謂。

「黎之白有沒有找妳？」

她怔住，聽他口氣似乎黎之白回台灣了。還是說打電話找她？

「之白回來了？」

「嗯，前兩天！」語味很輕，聽不出他的情緒，話聲輕，應該也算一種意味吧？他在擔心什麼？他就爲擔心之白回來才打電話。

「她還好吧？」天末忍不住問。

「不清楚。妳放心。她比誰都活得痛快！」唐闓在不知不覺中加重了語氣。

「放心什麼？」天末整個人立即無趣起來。他們倆隔這麼遠，他仍叫她放心！他還在乎什麼？

在乎黎之白仍會回去，而她不回去？

「你呢？」她努力保持平心靜氣。

「就是地毯髒得厲害，我正在學做菜！」

天末忍不住笑了。地毯？又不是阿拉伯神毯，值得爲地毯斷送婚姻嗎？有些人眞做得到！隨即覺得悲哀，肚皮多麼重要，而且是擺脫不掉的，唐闓就是沒口福，不挑食，很少自理三餐，更顯她以前的角色、生活多麼實際而無聊。實際當然可以，無聊？就不必了。

她倒不覺得之白活得有多痛快，拿一種更重的痛快掩蓋不痛快，不意年深日久變成一種風格，像不像打嗎啡，吃止痛藥？成了不得不如此？那份萎靡，自然地顯現在身外。這算什麼活得痛快呢？

「妳認爲我自作自受對不對？」唐閎話裡竟有些懇求般的商量餘地。更遠。不知怎麼，讓她反感。

「我不清楚你以前的想法！沒辦法比較。」她話鋒一轉：「你那兒現在什麼時間？」

「半夜兩點多！」

是他一向晚睡而獨自在書房的時間，是他出去會之白的時間，現在都沒有意義了。他自私強求的那夜印象仍在，永遠不會過去的！當然，也都沒有意義了。是本帳簿，過去的帳目，可翻閱，追查則無時效了。

「媽媽那裡我該怎麼做？你說了什麼？」

「沒說什麼，我說妳心情不好要休息。」

「爲什麼心情不好？」

「我們鬧彆扭。」

永遠是這樣，在父母面前，最嚴重的事也衹是鬧彆扭。唐閎這次算用了點心，不須讓老人家擔待。

「我會去家裡走走，你自己多照顧自己。」

「謝謝！」唐閎連再見沒說，突然掛掉電話，有事衝心一樣。是聯想到天末父母過世時，他阻止她回來奔喪一事。那時候他正和之白交惡，心頭形成拉鋸戰，不敢讓天末回家，怕自己出事。

天末愕然，也想到了。

這樣的早晨已經夠量，不能再進展。她輕輕掛上電話，一時之間不知道該做什麼。手裡摸著話機，不看也記得是全黑色。腦裡浮起之白的影像，講話的神情，之白的無所謂的確教人羡慕。

天末輕輕拿掉話筒，眞不想再聽任何訊息。

之白也許沒有她的電話號碼，但是之白會知道的。

「這個世界眞是小。」天末止不住浮現此一念頭。閉上雙眼，室內頓成黑暗，淚水簌簌滾下。至少這一天她不想聽、見之白。於他們而言，這個世界的確沒辦法的小起。

她想到多少次在聚會中之白的渾然忘我，有時又沈默角落，之白的主動與被動同樣吸引住不僅大半眼光；有多少男士想趨前攀附，爲的是什麼？之白眞動人心腸嗎？因爲她的收放自如？因爲她對人冷漠？

他們第一次見面時，之白一身墨綠細麻質料連身服，露出大領口的嫩肩，渾身上下沒有一件飾物，她的白皙，彷彿就是最上品配飾，襯得墨綠衣料透出寒光，含蓄的耀眼。腰間是黑皮帶，樣式簡單，兩段黑粗皮環在中間相扣，十分優雅的設計，貴在簡單。形成之白呼之欲出的線條組合，是藝術品。

之白主動上前來打招呼，她的突出，讓人疏忽了她先生何人。但是隨後天未想到，之白的先生一定不容易疏忽。果然，之白並不像一般女孩覺得生命中有那件事最重要，有人認爲每一次遇上都很重要，有人認定某一次際遇是最重點。她兩者都不是，所以沒有什麼重不重要，就連終身大事也是不重要的，不足以記取什麼。但是之白的先生當然有他的背景、財產，其次，殷子平家世曾經顯赫，他們這一代不當官了，仍然受人注目。殷子平原來修政治，後來改學經濟，偶爾回台灣開個會，大半時間在美國各處閒逛，研究室裡例行工作倒從未耽擱，殷子平的背景，使得他有份獨特的貴氣；之白性格上的獨特，使得她冷熱無法輕易判知。兩個完全的個體，不合群倒也相安無事多年。恐怕正因爲彼此的獨自。

沒有人學會之白的生活方式，沒有人學會之白的穿著打扮。時間、經濟都不允許。也沒有學得來之白交朋友的方式。

她們倆站在宴會一角，之白話並不多，而且心不在焉，老在找什麼，她順著之白的眼光看去，不過就是人及晃動的身影，連圖畫的架構都不夠資格。她記得以前偶然看到畫，某種交際場合的畫，總有股味道，頹廢也好，豪華也好，奢侈也好，看久了，彷彿人就要陷進去，因爲那股軟軟的頹廢。現在，她人是站在場中，反而覺得超脫事外、遠不可及。

「妳在找人？」她問之白。

「我假裝在找人，比較有事做。」隨即之白又笑了：「那有什麼人好找，而且，我有近視！」

她和之白仰頭笑不可抑。之白雙眼變化多端，閱人無數，卻是個近視眼，而且沒配眼鏡。

殷子平也來了，沒料及殷子平長相奇佳，年齡和之白相當。

「他比我小兩歲！」之白聳聳肩，完全不以爲意，彷彿說過便忘掉一般。

「所以他不太管我。」之白附加解說。

「妳管不管他？」天末望見殷子平挽住一個女孩跳舞，跳得十分忘形。之白不會管他的。如果殷子平是個普通人，會覺得他更出色。因爲他的身分，似乎還應該更好，怎麼樣也夠不到他背景的那程度。撇除他的背景，殷子平其實蠻少年深沈，是那份獨特的富貴氣使得他不容易深交，距離遠了，年齡自深不可測，別人猜測自然會超越實際。

舞會進行到中場，殷子平失去蹤影，之白身旁則不乏躍躍欲試者。之白那晚從頭到底沒跳一支舞。

場中人數愈跳愈熱便形愈來愈多似的，間不容身，悶氣得很，天末意識到唐閎是不是也被擠出去了。像殷子平一樣？眼光便左右前後搜尋，總碰到一些禮貌而難度的眼光，視界更短絀而微，彷彿她那裡出了毛病。終於遇上之白的視線及微笑，之白移步上前，眼睛望著別處，對她說道：「唐闊在花園裡！殷子平先走了。」天末當下祇覺得之白善察人意，沒想及爲什麼之白同時留心到了唐闊及自己。

「他會來接我的！」之白又說，仍望向別處。那一刻，天末突然覺得之白像一朵飄動的雲，而不像貓。

這樣的夫妻形式亦是天末前所未見聞。他們一直相安無事，彼此不被傷害，何嘗不是最佳的形式。任何形式都不算形式了。

天末亦不好當之白面急急去靠唐闊。兩人於是又站在一起。

「怎麼不去跳舞？」天末隨口問道。

「剛流掉一個小孩。」之白不經意似回答，也像隨口。

天末看著手上的杯子，簡直不知道該如何再接話。說什麼都不對。實在不了解之白的背景。久久無言以對，倒像她心不在焉。

「妳放心，沒什麼問題，而且也沒人知道。」

這個「人」，包不包括殷子平呢？天末抬頭滿眼疑惑。

「殷子平不曉得。」之白臉上浮現淺笑，發著冷光，平常人一笑總是熱情，之白則愈笑愈冷似的。

天末聯想到自己和拿掉的那塊骨血，不願多臆斷之白情況，難測的是之白爲什麼要對她說？那小孩不是殷子平的？

「是唐閎的？」幻化時空，天末找回從頭線索，那心境總緣由太相似，總在更小世界中打轉！他及之白的。

「是不是呢？」過去太久了，而且沒有任何科學證據。

唯一存在，是之白也回到了台北。

她轉頭看門外，那裡是一片亮，而且淳靜，有光透進來的地板上，靜靜躺著太陽的身影，是時間嗎？一動不動。

祇要有人推門，時間便會被打破，寧謐亦然。

可疑是她眞的不恨之白，不可憐。她們倆心情不同，選擇不同，之白不見得較幸福，誰也沒有對錯。

她重新把電話掛好。想到之白根本明顯是在玩命。而她？何嘗不是隱形的在玩命。

「而且都玩死了一個。」天末不禁苦笑，孩子沒有生出來，剩有的是對大人的感情，對事件的追想。現在，祇剩下對事件的回憶了。並不樂在其中。

恐怕損失最大的，是唐閎吧？偏偏祇有他不是在玩命，男人的青春較長，損失一點，並不影響全部。

唐太太一大早就起床收拾屋內，例行所有家具擦抹一遍，拖地，洗杯子，泡一壺茶。唐行磊則早早坐在客廳面光處覽報喝茶。早幾年唐太太不太贊成大早灌茶，一則掏油水，二來灌蟋蟀似的，光喝茶，不吃飯，唐行磊堅持，才毫無辦法勉強同意，從此唐太太暗中講究起茶的品質，唐行磊喝慣茉莉花香片，她擅自改換爲毛尖，這一點唐行磊姑且讓半步，不久，唐太太倒又換了回頭，她自己悟到要上了年紀的人乍然改變生活上的習慣實在殘酷。於是唐先生照喝他的茉莉花香片，到美國看兒子是行李之一。美國生活步驟如舊，但是就覺得泡出來的茶淡多，像他那兒子的味道。握在手裡的茶杯也不太對合，喝慣了粗肚陶杯，然而總不能杯子也帶到。

重握住粗肚陶杯一嗅，茶漬浸入杯內層，宛如入土古玉沾血，是茶葉本身養的杯子，原來杯子要蘊藏方滷出味道。這裡面，有他生活的縮影。

他常想人生沒什麼好爭，然而茶是要喝的。

唐閎有自己世界，當然不喝茶。他並不太在乎，天末倒長於品茶是他沒想到，根據天末講是從小跟隨家翁喝出來的，這樣的太太不會壞，是唐閎無福，可惜了天末。美國回來以後更加肯定。他對老太婆說：「這婚姻遲早會出事。」果然，天末很快回到台北，唐閎的媽媽用心良苦，想改變管道留住媳婦，飯席上天末沒有表示態度，祇要不說破，原狀況仍在，便還保存希望。做父母的沒有辦法不管，尤其是母親。

「今天要去找天末？」唐行磊問太太，她正使勁擦著桌面。

「嗯。你怎麼知道？」

唐先生架高腳到桌面，他早說祇兩個老頭、老太婆在家，不必窮忙，年紀大了，隨便點可省力氣，唐太太不是不同意，沒辦法，習慣了。她瞪唐先生一眼：「你去不去？」

「妳別折磨人家了，讓天末過兩天愉快日子吧！」

「奇怪，怎麼有你這種老子？天末跟著唐閎也沒什麼不好啊？」

「好在那裡？」

「也壞不到那裡啊？」

當然是，唐先生點頭復搖頭，再說：「人家不也叫你媽，叫我爸爸了嗎？妳急什麼？」

「對啊！那我就看看媳婦啊！她回來不住家裡，我總得去看看吧？否則說出去多難聽！」

「妳眞當還有這個媳婦在過癮呢！」他們已經很久不爲一件事拌嘴了。

「你說她不是？」

唐先生站開去，報紙也不看了，可笑另一半在這年頭、時代了，尙一廂情願如此。天末挽回得了嗎？有必要挽回嗎？這根本應該是唐閎的事，做母親的卻自做主張要出面。要這樣一個人相信離婚未必不是好事，眞的蠻難。

唐閎從小就自私，這恐怕跟他是獨子有關，他的自私倒不是祇顧自己，而是很少想到別人。這種個性用在婚姻中，注定會帶給別人痛苦。他不想因爲唐閎是他兒子而昧心勸合。他曾經感激天末的多擔待，一定是擔待不下去了。

如果他觀察不錯，天末雖然不是十分傳統的女性，沒有爲維持家庭完整而犧牲一切的婦德，現在女孩子往往要學習婦德，卻無所本，找不出一個模式。天末所具備已經頗不可思議，恐怕是天生的。

「我要出去了。」唐太太語氣裡仍保留置商餘地；唐行磊背身面窗外，想起兒子家的落地窗、風景，沒有語言，想與之交談而心生戚戚然的是自身的心態，能生出熟悉感，方才覺得親近，否則無一言可交談，景物本身就是一段句子、一篇文章，是看者寫的。是一份心情的發洩，那段國外，光覺得悶。而且，總看見天末從院外走近，那刻，心潮興起漣漪隻語，祇有那風景中的人是他熟悉的。風景中有了人，便有了聲音嗎？爲什麼天末總是一個人來去？

「我送妳去！」唐先生衝到玄關低身穿鞋。

「到底去不去看天末？」

「我馬上回來，報紙還沒看！」

「那就不必去了，我讓天末陪我去逛逛，買些唐閎要用的東西，她知道唐閎缺什麼！」

他祇好搖頭。眞是不懂女人，永遠如此天眞，如此複雜。老的，小的。

美容院裡放眼是人，而且是女人。之白走進門面清爽、沒有大紅大綠的一家，沒想到仍然坐滿了，她眞不解又非週末、假日，這些人那來這麼多空閒？

有小姐趨上前來問：「燙頭髮？」

「洗頭。」

「要不要修指甲？」小妹邊按摩邊問，之白瘦不露骨，按摩用力了，仍十分承受不住，不正統的按摩技術，並沒正中穴點，徒增酸痛而已。

她抬頭從鏡中看著小妹和那雙按摩的手，和她自己，怎麼？她像個養尊處優，沒事修指甲的人嗎？

她在美國洗盤子那年，老覺得自己指甲太長、軟軟的完全沒有個性。現在倒要修出一個型？

「不要！」她看著鏡子裡按摩的手說。是一雙沒有修剪的手，泡過太多洗髮水。

「要找幾號師傅吹？」小妹其實也沒有看她，左顧右盼的，之白映在鏡中因此形若小妹，祇並沒有看別處。

「吹乾就好。」她閉上眼睛，耳朵裡全是女聲，間隔三個座位處，兩位太太正在談家事，光講兒子如何、衣價如何，就不說先生。台北也有台北的改變。

「妳頭髮好黑好亮，妳都拿什麼保養？」小妹揉抓著之白頭髮，似乎怕之白睡著了，不停拿話灌她。

又黑又亮？形容得像一段戀情！就分不清楚是唐閎家外那盞門燈，抑或以淮屋內不肯滅去的光！天際抹白時必須去！是華髮後必得遺忘嗎？

睜開眼，鏡中，仍有容顏！猶如記憶。弄煩了，根本任何不想理。鏡中映照的容貌有多起，味道則大致相似，「天末不知道上不上美容院？」應該也會，這麼方便。國外時，天末一頭直長髮，重重垂在背後，大多用根紅絨線紮住，不綁麻花辮。

「我不喜歡美容院裡洗髮水的味道，香得沖鼻，頭髮上的味道應該越淡越好，是髮質原本的味道最好！」天末說過。

「那妳在台灣時候呢？」

「那年齡還沒想到頭髮問題！」

天末洗完頭髮並不用吹風機吹乾，大毛巾擦半乾，便梳直了任由自去，她不強行使力，而且吹風機的熱氣噴在臉上，細胞乾枯了，老了。

天末的確有些異論，不怪，就覺得她生活得很用心，光用了心，表面是靜態的，生活的實質恐怕低能得可以。

可以料想她也不會主動提供什麼生活上的消息，是唐閎的自私教會天末懂一點人間動態嗎?恐怕也祇是買菜、做飯、佈置家庭。

她們之間的友誼亦一向如此。天末很少表示什麼，她喜歡天末就是那份感覺，靜靜潛伏著的生命力，相信適當時機會爆發出來。

「你跟黎之白到底什麼關係?」唐閦說天末祇嚴厲質訊過這句。也許這也不算「適當時機」!

「我沒有!」她要對天末說!

「以前老認爲沒有感情一秒鐘也活不下去，現在有太多感情同樣活不下去!」也是她對天末說的。

她根本欺騙了天末!

她不是找回來了嗎?

「要不要護髮?」

睜開眼，已經換了小姐，剛才那個呢?她搖搖頭!原來不理是行不通的。

「你們幫人打電話嗎?」之白看著鏡中問。

小妹拿了天末號碼去打，回來說電話打不進去，沒掛好!

恐怕是拿掉了。天末是不要知道太多的。

門外先是響起車停聲，天末考試自己似的猜測:「是中硯?」又想:「還是之白？」

唐太太在門外喊：「天末！」

緊緊相隨而至的，不是唐閎，是他的親人。唐閎會怕傷害家人嗎？他打電話來，眞是問候關心？在她離開半月後？是告訴之白回來了？抑或自己寂寞？她反覆的想。

愈發教人痛恨他！那麼鬆散的神經！可憐的是他家人、妻小！

她拉開大門，發現唐太太是一個人來的！更令人吃驚的是那張神清氣爽的臉，幡然悟透那才是歲月感！打不垮的時間經歷。

「媽媽！」她不知覺亦感到天下無大事，臉上線條同時柔和下來。

「剛起來？妳爸爸要看報紙捨不得放下，不管他我就自己出來走走。妳看這幾隻海臭蟲漂不漂亮，難得已經是尾聲了。我們娘兒倆晚上蒸了牠吃，下酒最好！」另外還有包茶葉。

天末提到廚房去放，廚房外便是陽光，一格格從窗戶覆照在地，像個平常的家。天末淚水不由自主流下，她和婆婆是什麼關係？不過因爲唐閎，唐閎呢？反而遠在十萬八千里外，連心底無從親近，教人該怎麼對眼前老人家？

「等會兒陪我出去逛逛，給唐閎買點日用品寄去！快過年了！」唐家媽媽在客廳說，沒有問天末要不要回唐閎那兒過年。

天末走到客廳，唐家媽媽正在掃地，她連忙：「媽，我來！」

「哎，我來，我來，妳去洗把臉，我們沏壺茶聊聊！過生活就是要這樣，能吃就吃，能喝就喝！」

雖是初春，台灣並不明顯，坐在氣候和宜的空間裡喝茶，國外那個家唐閎每天走後即如此過，心境不同而已。她父母在世時客廳裡也常一壺茶、幾個杯子，像畫。

「唐閎就不愛喝茶！」唐家媽媽說。

「我以前都沒注意這些事！」天末捧著杯口聞香。

「年輕人談戀愛那兒看得到這些，生活上的事全部不注意，以爲不重要！結婚以後有得吃驚的呢！」

天末抬頭看住唐家媽媽，眞吃驚，忍不住問：「媽媽，妳以前和爸爸談過戀愛沒？」

「談過，他還不是我第一個朋友呢！不過他都不清楚這些。」

「眞的？怎麼會？」

「我不說啊。女人家有時候非得嘴巴緊，否則有大虧吃，你如果認定那個人就是結婚的對象，當然什麼都不要說，婚姻生活啊，事情愈少愈好！」

像喝茶嗎？意重而味淡。是因爲他們這一代深受大衆傳播影響？於是習慣表現出來？最好人盡皆知，好構成輿論？或衆口鑠金的功效？

「爸爸呢？他有沒有女朋友？」

「有，當然有，我們從沒對唐閎提過，你爸爸他在大陸上還有太太呢！」老人家仍有他們的情感興頭，提起來亦是沒完沒了。

「那怎麼辦？」這跟唐閎的「不忠」，是另一種現象嗎？恐怕更嚴重。

「哎！過去的事還管他做什麼？認命啊！不認命祇有自找苦吃，這樣愉快多了。」

唐家媽媽盯住天末：「妳妮？」

天末嘆口氣，搖搖頭。

「不好？」唐家媽媽說。

「還好。我也很想認命，可惜——」她體會到眼前的人是唐閎的母親，骨血至親！不好教多所牽掛。

「我們家沒有女兒，如果有女兒大概也祇能這樣教她了，沒辦法，你爸爸說唐閎太自私了，把別人家女孩害慘了，如果是他女兒——」

「媽媽——眞的沒什麼。」小女兒事傷了老人家太不該。

「我們出去逛逛，不理這樣沒道理的事。」

要買的全是唐閎的東西，今年過年晚，氣候已進入薄春，沒有了圍爐的心情。

光剩下年節名稱。幾年國外過年正逢學校開學日，年三十晚，幾家太太們照例做菜聚餐，天末在餐會裡見之白痛飲狂舞，彷佛一個年並不夠用。第一年，她初到，堅持和唐閎單獨過；近八點唐閎才回到家，並沒減少她新婦過年的心情，唐閎胃口並不好，很快便喝醉了；之白接著打電話來辭歲，亦是語焉不詳，邊說兼而聲下，她去搖唐閎，唐閎氣息昏沈，根本聽不到。天末再拿起話筒，那頭已經空了。守著美國的日子歲末，她一個人。分外覺得時間好慢。

第二年，便都移眷過戶，和大家一起守歲。等著年過去。

又是一年過年。又有了新的樣子。

實則天末想不起唐閎需要什麼。但是看著做母親的東挑西選，彷彿他一切需要。四周總有人在擠她。

她無法參加意見，光站在一旁助興的面露微笑。眞像一個節目中的節目。超級市場裡，她看到一罐罐臭腐乳，是她家以前必備的，中硯最愛吃，說那味道腐中帶沈香，她說像他的人。中硯配稀飯可以連吃兩大碗。

她掂在手裡，不自覺拿到鼻前嗅聞。以前的日子近了。

「唐閎愛吃這東西？」唐家媽媽懷疑道。

以前的日子即刻間遠去。

但是有一桶紅殼花生是唐閎愛吃的，初到國外，她母親每到年節都會寄一大包，夠他們持續吃到下個年節，最後一次寄達後母親病了，無以爲繼，奇怪，反而剩下大部分留到疲掉。

她拿了個大袋子裝滿紅殼花生，剝了顆放在嘴裡。唐家媽媽問道：「好吃嗎？味道對吧？」

「給唐閎寄點去好過年。」

不知道現在的唐閎仍嗜吃花生否？

等著結帳的隊伍像條長龍。手中腐乳味道散不去仍在。中硯人際資產不一樣了，他們的關係相對得調整。說不上是誰求誰，但是得被動些。

海灘回來後他打電話來試探，知道他會打來，不敢多聽。從來沒把中硯當男朋友，完全朋友的感覺，她一直在發展自己的感情，中硯都知道的，更沒有辦法放懷，朋友的感覺太重了，掩蓋過其他，包括歉疚。她聽到電話鈴響，平常都是她接電話，她母親叫道：「天末，電話響了！」

她假裝睡著了。後來鈴聲陡然停止。

她母親又叫：「天末，中硯的電話。」

她徹頭徹腳不願去理，這算什麼抉擇呢？要唐閎還是要中硯？

可笑她後來放棄和唐閎過日子，同樣的選擇：是唐閎的冷漠還是之白的侵略。兩者她都不想選。

年輕或年長後，規避的心情仍在，規避的情況高升了，事實繼續發生，規避的技巧並沒有磨練好，因爲從沒面對過。

這許多年來，她發現自己生活的高低音完全調錯了，該強的地方不強，該弱的時候，偏要強。

但是，一直到那環結，她還沒意識到自己未來要受的罪，就完全因爲她的任性。

天末放下手上袋子，在人群中神情恍惚又極欲掩飾的舉止帶些慌張，長龍似乎愈等愈長，她說：「我去打電話。」

電話座四周不減喧吵。她從入口處出去，把關的服務員冷漠地：「小姐，妳的皮包——」她打開讓他們檢視。當然沒有什麼，祇隱約聞到自己手上的腐乳味，帶些潛伏的喜悅也似，陳年老味了，而且不必付錢。

電話那頭是個清甜耐煩的聲音：「沈先生吃飯去了。」

她低聲說：「謝謝！」祇有她自己聽到。

擠身吵亂，她確實感到是在中國人的「年」裡面了，而且是在人群中。沒有人是眞正重要的。

她對唐家媽媽說：「我們回去吃海臭蟲、喝酒好不好？」面帶微笑。

「我們把你爸爸也找來！」年的氣氛感染每個人，一點點興奮都帶點喜氣。周圍如同戰場的情況並不及於婆媳之間，眞正一副各有所歸的盛世，大家都很幸福。

那年過節之白打電話來唐閎沒接到，之白是喝多了可以想見，所以特別寂寞，唐閎呢？她沒出去時的年節，唐閎會不會喝酒？和誰一塊喝醉？

大年初一唐閎起床後她問過他：「之白爲什麼在年三十晚打電話找你？她先生呢？」

「人家敢在妳面前打電話，妳還說什麼？」

唐閎吃完早餐後去學校上課。她則面對著準備的瓜子、花生發呆，不明白同樣的日子，怎麼年有過與不過？她並不要歡樂的生活，總要有個節日心情吧？之白和唐閎和這般日子。她滿心疑惑。

有心情的，恐怕祇之白一人。第二年的端午，大家聚餐，之白到了，殷子平又是先走。她問之白：「殷先生有重要事嗎？」心裡念念不忘春節時的電話，問之白，不過起個頭，是熱身運動。

「他去找別的女人！」之白絲毫不避諱。

「哦——」她頓時覺得自己未免渾濁，這樣的不明不白。

「而且先約好了！」之白附加一句。

「這城裡的男人眞乏味！」之白光喝酒，眼睛盯著場內，目光卻很渙散，貓的感覺完全沒有了。

那乏味二字，包括唐闓嗎？應該是，跟殷子平比較起來，鮮少比他生動的。

之白繼續喝酒、跳舞，點心一口沒沾。她自己那晚亦下了不少酒，春節的印象每在眼光遇上之白時跳出更鮮明，希望喝得迷糊回去睡下，她一定要比唐闓先入夢，讓唐闓去應付一個莫名的醉的世界。

「妳今天酒興蠻好的！」之白踱過來十分輕鬆的說。她突然有些恨之白，不知道爲什麼，也許是年節的記憶吧？微薰之後分外高漲！祇一種情緒嗎？她努力保持平衡，不去相信那是一份事實。便和之白碰杯對乾。明知道喝不過之白。

「但是很奇怪，我從來沒有考慮要和他離婚！」之白莫名又冒出一句。

「如果有更適合的對象呢？」天末沒有用「更好的」，用了「更適合」。

之白仰頭笑了，那一刹間，眼睛有了光，又神似貓樣，天末爾後發現之白眞適合笑。之白說：「小殷是『更好的』，不是『更適合』的，適不適合無非是時間長短而已，相處愈短愈適合，愈長愈多缺點，我喜歡的是『更好的』，他們有他們的條件！」

所以不離婚？天末又舉杯想喝下，發現杯裡是空的，有些什麼實體，婚姻才保持得長吧？像有酒才能醉人一樣，她突然發現自己愈喝愈淸醒，之白亦然。

「所以不會離婚的！」之白加重語氣。不像該有結論的話題嘛，之白卻早下定了決心。

之白沒有問她和唐閎的婚姻，彷彿不關心，恐怕亦是早觀察於心，十分了然。

那晚，他們三個一起離開，唐閎送之白，車開到一半，之白突然說：「停車！」之白下了車說要走回家，「想走走而已！」之白說。天末看到她眼底是一抹暗，聚會後的低落？酒散以後的低潮？

「之白，妳別開玩笑好不好！」唐閎叫「之白」，天末祇覺得奇怪，沒怎麼去細想，晚了，又是酒後，整個人遲鈍得很。

「你們走吧！」之白關上車門，站遠開去。

他們三個人一起散步回家的。空氣沁涼，天末倦極，腦子轉了一晚上，祇想睡。走走清醒多了，覺得似乎也不壞，至少是三個人，而且不必接之白醉語電話。事後又彷彿沒有什麼。就當補了守歲。她突然發現，期求年節過得完整些，並非奢望。雖然和在國內、在家比不起。

「妳這樣散過步沒有？」之白問天末。

「她怕黑！」唐閎攔截回道，天末看他一眼，自己眞的怕黑？他是什麼心態？

「愈黑散步其實愈好，連自己也不存在了。」之白仰起頭深呼吸，望著星星。是星星，一點沒錯，好像在台北生活時從來不必注意星星，生活裡總有些其他。好乾淨的天空、好亮的星星，他們是在散步嗎？她突然懷疑其中意味。

就算是陪之白吧，感覺上卻像祇有她是局外人，祇有她是在異地天空下，唐闕、之白倆熟悉所有。沒有她的歲月參與。

之白和唐闕異國相識那段日子的確沒有她。說來可笑，她竟當場覺得虧欠了之白一份情，因爲之白陪過唐闕，也覺得對唐闕不負責過一段空白。

一個人陪另一個人不是很正常嗎？她忘了是一個男人與一個女人，忘了也有不正常的事。

她仰頭看星星，滿心安詳，在如此深夜、安靜，他們自願散步。

「中硯在就好了！」她冒出一個念頭而且衝口說出。

「妳去找他來啊！」唐闕冷的語氣有些刻意的誇張。

她嘆口氣：「我祇是覺得這麼好的景致，他也能享受不是很好嗎？」天末以爲唐闕基於吃味的心理，好氣解釋道。

「明白很好的氣氛偏要擾壞它！」唐闕又是一句。

天末直覺是觀看之白反應，不意轉眼時竟捉捕到之白嘴角閃過的冷笑。

天末沈默下來，全因爲不解。是夜容易使人失調嗎？唐闕累了才這般反應，之白呢？

她現在明白了，在某種節日、時機下，人的情緒會加倍。唐闕和之白間因爲過節、酒及她，突地擴大了。唐闕不惜攻擊她來平衡自己心態！痛苦的，又是誰呢？

當然不會是之白，那抹冷笑足以證明。

輪到他們付帳，會計在電子鍵盤上打下標號、價格，不少錢。天末搶著付現，全部是唐閎的物品。一年一次吧！就像一生一次的婚姻。

走在人群中，是個現實社會，仍擠。唐家媽媽小聲問道：「天末，妳錢夠用吧？」

她細心考慮說：「我媽留了筆錢給我！還夠用一段時間！」

「以前妳也貼家用嗎？」

「算不上是貼，一個家嘛，唐閎不太管預算。」何止不管，連問亦不問，天末一直自苛，但是對唐閎的花用從不干涉，她總記得一個好妻子就是不要先生有後顧之憂。她到國外後，沒添過一件衣服，東西非得到大減價時才買，但是唐閎全身則盡量讓他光鮮。這種種，說了無聊，不說，其實變成生活化，已經是習慣了。

唐閎現在重新自理，有感嗎？

計程車上唐家媽媽塞錢到她口袋，天末驚覺到：「媽，您這是做什麼？」

「妳留著用。」唐家媽媽眼眶微紅。

「我有！眞的！」

「妳總是我們家媳婦，我們該顧妳。唐閎從小祇想自己，妳有妳的隱衷，我了解！」

「我沒有，唐閎很好！」天末堅持把錢推回，喃喃說道，自己也不大淸楚說了什麼。

「小夫妻一定會有意見，妳——千萬不要離開他！」

天末搖搖頭，不知道是表示不會，還是無言的無奈。

「一個正常的家庭，應該生個把孩子，唐閎已經是獨兒子，他爸爸嘴裡不說，心裡難過——」唐家媽媽不由托淚，掩面。

正常的家庭？偏擠的車廂，飛逝不容緩的人、車、街景，人的位置在那裡？連感情間不容身，遑論家庭？抑或這一代的要求太不實際？

是因有家庭觀才會正常？或者人生而正常便可擁有家庭生活？

生個孩子？難道她不想望有個孩子在懷嗎？這時機，她不願意了。

「我眞不明白你們到底在想什麼！」唐家媽媽慨然道。

「媽，妳放心——」天末說不下去了。

就算離開唐閎，他會有辦法的，之白事件不就是一種辦法嗎？她離開一段長時間之後，他肯定會另有發展。也許不必長時間。

他不是很明確知道之白的行蹤。他找過之白嗎？

車窗外是個紅燈，路旁行人中幾乎全是，木然的表情，或行色匆匆，台北眞有不少女人，她忍不住凝神無奈地笑了笑。人群中，會有之白嗎？

車子起步，右手邊是家新開幕的觀光飯店，二樓附設咖啡座，靠窗坐總可以望見腳底的車與十字路口的人或穿梭或停，還有分線道上的樹木，隨風飄下落葉，鋪成鬆厚、沙沙作響的化泥。在那樣一目了然的窗口落座有什麼意義呢？偏偏有許多人喜歡靠窗坐。

她曾經希望中硯稍微提一下海邊後那晚打電話來的事，她願意道歉，然後把事情講明白，可是中硯絕不提，想來知道她已經拒絕了他。

他們那年齡眞有一錯到底的決心。

要說在這其中過程受過什麼罪？說不上來。

拿掉孩子後，她躺在公車後座緊閉住雙眼，中硯沒有說話，全然是沈默，她很想知道中硯的感想，側過臉去看中硯，他似乎睡著了，她輕輕問道：「中硯，你覺得怎麼樣？」

中硯沒回答。恰似她的沒接收中硯的電話。便放棄了。任由眼淚毫無知覺似的流過臉頰到嘴唇，是鹹的，她自己的淚水，開不了口的哭。

突然她瞥到一個潛能中教人一顫的身影，是之白嗎？就算是，不想回首。車子飛快駛過。

「累啦？」

天末微笑點頭，輕閉住眼。不經意俄頃浮上——是之白嗎？

是之白嗎？就算是吧！何如？

大包小包下車後，屋裡靜悄悄的，料想剛才亦絕無動靜，彷彿是靜的永恆。中硯沒來電話嗎？杯內茶水已冷，除此，無任何變化。

「妳去休息，我來整理要給唐閎寄的東西！」唐家媽媽似乎爲在車上談話覺得不妥，眼睛老望著買來的東西，兩隻手不停在動作。

天末才躺下，朦朧似有電話聲，她抓起分機，唐家媽媽主機正對答完畢掛掉，那頭說話尾音是個女聲，她潛在又是一顫，怎麼總是身體先有感覺。

天末探身到客廳問：「媽，是誰？」

「沒講。聽妳在休息就說再打來。」

那麼是之白了？

天末頹然倒回床上，不能分析自己爲什麼失望。眞是之白嗎？中硯回家之後，慕文有何反應？中硯有沒說多？所以中硯一直沒再聯絡？

會是張慕文嗎？

她轉身反趴，覺得空氣的壓力小了點，怎麼事情的面貌永遠如此多呢？讓人常生絕望。

或者祇是個打錯的電話？她不相信。

如此草草掛掉，就算挑釁而來，不算什麼正式下帖。

那麼——是慕文了。

不太肯定她和中硯的關係和發展到何種程度，所以來試試，偏又沒什麼持續的把握？

一牆之隔外有個母親在整理寄給兒子的日用雜物，分類、綁紮弄出的聲音，冥冥擴大，變成一份提醒似的教人慚愧，並且可恥！她面向枕頭，不忍卒聽。

這就是一件事和一件事的差別嗎？就是所謂親情和愛情的品格嗎？

憑什麼如此測斷慕文？

怎麼她到國外一度，變成這樣？

「天末！」

她扭過頭面向卧室門，唐家媽媽站在那兒，手上提著重物般並不挺強：「我還是回去好了。」

天末直身走到唐家媽媽面前，眞摯誠懇地說：「不是要叫爸爸來嗎？我們還有海臭蟲沒吃呢！」

「算了，我看他八成離不開家和那幾張報紙，出來大半天了，我也不太放心，還是回去算了，趕得上給老傢伙煮飯。」語氣裡有不容置疑的戀家味，無法分析，雖然唐家媽媽說的並不理直氣壯。

天末點點頭，苦笑道：「好。」

「海臭蟲要記得拿出來吃！」她點點頭。對許多事認定。

因多心而應當疲倦了，送唐家媽媽步出巷口轉回，躺平漸層似的黑中，她隨暗下的時間熟睡，穩穩夢中，比夜色更沈。

總之，她切切記取，不能去依靠中硯；中硯不會找來，反而，放了心。

人生凡事可以，可恥之心，則不必。

那燈火或簾後人影，不是第一次遠望、走過。雖則被窺望的人家並不知道，之白不覺可恥。郁家的情況似乎有它永遠的不變性。

回來台北她過得很好，在大都市沒有任何聯絡，頗具隱居之樂，她任性的在這熟悉又有重新建設的地盤上發展自己，原本她就任性，更加自得。絲毫不以爲無趣。她在街上鎮日長逛，不置物品，坐在店家廊外看人，購物欲望降至谷底，台北已經那麼多人、閒人，店及擺之不夠而設的地攤。她不考慮會不會巧遇熟人。

或者坐在咖啡屋裡看玻璃窗外，這是個什麼世界？人人像在動物園裡外，看著看著便覺眼熟，彷彿人人相似，當然，並沒有什麼關係，不致使人煩厭。她走在道上、坐在路旁，從沒念頭會在人群中一閃看到郁以淮，想都沒想過。

或者去超級市場游目，倒想起天末。國外的超級市場大得多，百貨琳琅，目不暇給，然而她們倆都是小家庭，無甚需備，一瓶一罐、一鍋一碗皆代表家庭，她們不必那麼多。

多的是沉默。然後各自回家，她再單獨去酒館坐飲。殷子平給她最豐厚自由的，便是金錢。沉默是殷子平無意中給予的。

逛著逛著總想起什麼。酒館而至郁以淮屋外。皆可至醉人。

獨醉或獨望，都是一種狀況，在一種狀態中。醺然以致一片空或浩滿。會演變成習慣嗎？

奇怪，郁家窗口總有一個女子，不是郁以淮妹妹，裝扮講究，是職業婦女。郁伯伯則老多，仍似以往在黃昏時拉開落地窗搭在走廊欄杆上向遠方，看什麼？之白並不躲，任由郁父認得、不得。相信認不得。

她任性的論斷自己已經完全改變。

就像在唐閎宅外，一遍遍的凝望，說不上是窺視。心情不同而已。看唐閎室內的燈火，像看一張照片，而且是朋友的照片。郁家，則像一場舊電影，有她自身，並且是立體的，照片的感覺十分平靜，電影則屬立體，有一切足以觸景傷情的條件。不能夠放在小螢光幕上。

因爲有自身，所以值得一看再三？希冀在其中重握從前？青絲紅顏？

恐怕也祇有她了。

郁父從陽台欄杆旁返身進屋，室內燈亮處頗具家味，這味道，是郁以淮一生欲求的！

之白凝視燈火，冒出一念——是誰使這屋內有家的味道？那女子到底是誰？之白直到周身浸於昏暈暝色中，發現了自己的孤獨，才朝巷口踱開去。迎面見到郁家屋裡的女子，兩人中間的空氣即刻異樣起來，四下有聲音，卻都不重要，空氣的起伏彷彿牽制兩人呼吸，之白隱隱覺得對方似乎認得她，當然沒有理由認得她。

之白完全的不怕事個性，使得她直直再三注目。而對方若無其事卻顯出嚴肅的氣質，更教她懷疑。

路旁有街燈及店家，微亮中，近看對方，發現整個有股冷香味，齊耳的短髮，容顏青白、乾淨，似乎年紀並不輕，但是整潔，使得簡單。肯定是個並不簡單的女子。

恐怕是個在家裡亦不輕易改變自己整體設計的女子。不易覺察地，那女子微微仰頭，伺敵而顯現神經抽動，之白立刻感受到了，年輕時，她隨時準備做此應變。對方這種反應，似乎是敵暗我明，明明之白覺得女孩才是「暗」。隨即她感應到她們兩人似乎有太多同處。

女孩終於從她身側完全經過，空氣中有股香，幽陳若有似無，恍若女孩留下的香，之白知道不是，郁家巷口種有大片夜來香，她聞慣了的。

之白忍不住回過眼望向郁家燈光來處，眞正有點不太明白爲什麼要探視、徘徊；爲什麼覺得隱隱中的異樣？是眞的有些奇怪嗎？她相信自己的直覺。

收回眼光時正好走到路口轉彎處。回頭瞥見一個朦朧的身影在郁家廊上遠望，是個男人，不像郁父！遠遠看去並不眞切。

之白轉個彎，即刻有計程車趨前停在她身邊。坐在車後座，人頓時矮半截，什麼也看不見了。

現在，不是在電影中，而像在夢中了。

屋內每日靜有不同，現刻似乎是夠靜到變爲吵的地步，天末在客廳踱步，數著步數，期盼什麼。她發現長到近三十，歲月像正重新開始，凡事皆起頭尚未定命，可悲在她不耐心等待了。

台灣的天氣眞怪，明明冬季好久了，仍熱出一身汗，正是多穿一件嫌熱，少穿嫌冷。像人對人的感情。

室內無燈，卻可感覺到自身個體的膨脹，那麼明顯。

她披了件毛衣走到院口，有點光了，看到自己周身，地上的影子，奇怪不像潑墨，不是大塊大意。含蓄地濃縮成十分比，一團黑的樹、人的影，不是人的世界似。像她的心情，一樣含蓄。她抬眼看，原來月亮當頭。

天末慢慢蕩到巷口，還有段距離時，停下腳步，凝眼盯住巷口往她這兒移近的人影，是之白。奇怪，這情景那裡見過？

之白走近了，眼光瞥帶到天末身上的毛衣，天末恍悟到，原來是毛衣，她離開唐閎前之白找她出去逛時穿的。她低頭望著足上平底鞋，圓頭、包腳，完全沒有一點樣子的樣子，她一直怕穿高跟鞋，總覺路上不平，經歷世事，原來是避不了。幸而鞋子不是那晚所穿。既然避不了，之白且不懼事，她祇得迎上去。因爲是在本土相見，簡直不必有異地重逢的感觸與激動，祇消迎上前去，而那心緒更繁複。

之白容顏不改。不太容易更改的一張臉，細長雙眼投視在天末衣服上，沒有任何不安。但也不冷漠。

之白叫她：「天末。」

天末眼梢神微抽動，刺到一樣，不想哭，也不是感動。

「到我家去坐坐？」天末問道。

「我回台北還沒喝過酒，陪我去啤酒屋坐坐？」生啤酒之白並不喜歡，一大口，一大杯的灌，酒精度偏淺，彷佛一種很含蓄的豪飲。但是台北這兩年興起遍地亮著霓虹的啤酒屋，有些小店經過時往裡探去似乎並不吵，蠻合她胃口。

天末未料到之白對現下台北這般熟，去那個啤酒屋？之白一定有她的路線。

「我回去換件衣服。關個門。」

「聽說妳家是老日式房子？」之白未置可否，隨天末向前移。

「嗯，我父母留下來的，一直在那兒。」

「現在大家都住高樓往上爬了。」

之白家裡想來是住高樓，她回來會住家裡嗎？應該不會。

「我們家現在人口簡單，改建的機會小得多。」天末其實沒把握現狀還能保持多久。

「獨門獨院有他的味道。」

天末向來少帶朋友到她家，不習慣私生活展露太多，她母親說她天生是個修女命。奇怪她對之白卻毫無此心。

不是十分窗明几淨，以之白的標準應該夠了，睇見之白站在客廳中央，白皙的臉顯得特別長和俊，天末暗忖應該騰出心情徹底做番收拾，記得母親在時，任何人到家裡皆可襯托出來客的氣質，而不像現在，給之白一比就短少什麼似的。

「妳還好，回來還住平房，國外住慣了平房，現在住飯店，半夜醒來老覺得躺得太高，醒了還像在夢中。」

之白果然不住家裡。她母親大約以爲她現在仍在美國吧？會不會撥電話過去。像唐閎撥電話找來。唐閎的母親今晚應該有個好夢吧？

她突然想起冰箱鎮凍著的海臭蟲，幾天下來應該不新鮮了，也許之白願意試試。

「家裡還有點烈酒，唐閎母親前幾天買了幾隻海臭蟲，下酒正好。」天末沒有問之白是不是願意留下。

「好啊。」之白仍站在客廳中央。

天末炒了個青菜，花生，蒸上海臭蟲，調了點蘸料，三十分鐘內一切就緒。連飯都好了。

老酒開瓶，自然溢出一股清香，褪掉火氣後的醇淨味，天末父親生前收藏的。

「妳應該嫁個正常人，憑妳上菜的手藝；做什麼樣的家庭主婦都沒問題。」之白由衷地，沒有任何調侃的意味。她原來也不是善於調侃的人便是。

「我以前也一直認爲是這樣。」

「現在呢？」

天末搖搖頭，苦笑不答。她曾經很想喝醉，唐家醉過一次以後，覺得還是清醒點的好，當然在中硯面前倒可一醉，她的事、心態，中硯沒有不了解的。

之白直直坐在椅內，完全不像她平常無形狀、無意識的舉止。天末突然倒有點怕之白醉倒在她這兒，最好之白不要再告訴她什麼。

之白淺嘗低斟，彼此皆不勸酒，之白折斷海臭蟲的腳，吸出裡面的肉，不經心說：「我這次回來跟任何人無關，我是想回來看看郁以淮。」

天末疑惑著眼神看她。

「就是死掉的那個！很可笑對不對？人死了還有什麼好看？我去過他們老住家那兒幾次，他們沒搬家，我看到室內的燈就會覺得蠻夠。」

「不怕撞上他父親？」

「死人都不怕了，還怕活人。」之白眉目不動，以酒就嘴，靜慮自得，淺飲口酒。

她的臉色屬愈喝愈青白那型，襯出四周更濁。

「奇怪他們家有個年輕女孩，不知道是誰。」

慕文是什麼樣子？天末凝神杯子裡的酒，專注而恍惚。

「也許是他太太。」天末幽忽地說。

之白冷哼一聲，未置是否，投眼向窗外，盡黑處，不必生死，她痛恨，也喜歡。是溫存，又像拒絕。生命本身大約如此吧？

當然不會是以淮的太太，奇怪天末反應，也有那麼個女子嗎？教人懷疑、難測。

之白輕鬆笑道：「也許是吧。」

殷子平是從來沒有這困擾的，他不猜測，不理會，要她的時候僅僅是因為她漂亮，而且是週期性輪轉到她時新鮮度正最高峰，看起來似乎她欺負他，其實他有根深柢固型的陰沈，比深沈還可怕。

而她更從不揣度、分析殷子平的交友背後狀況，所以天末在知道她和唐閎情事後的反應，彷彿脫了軌，脫了她的軌。

她在電話裡問唐閎：「天末很生氣?!」

「嗯。」唐閎似乎氣勢弱，又像有所顧忌。

她隨之升起的興奮，是她自己也未料及的。她問：「有沒有罵人？」

「沒有，摔了東西。」

她在那頭輕輕地笑了，因爲輕，因此陰森，意圖不明。唐閎卻清楚，他皺眉、壓低頻率：「之白!別這樣！」

「你對她說了什麼？」

「什麼也沒說。」

「怎麼可能？」她希望聽到有更大的發展嗎?語氣裡明顯地期望更嚴重。

唐閎那頭無聲，大約不知道要不要放棄和她談話。並沒有爲天末護航的意圖。

「我來跟她談談。」之白歸復冷靜。

唐閎暫止脈息，半晌才說：「好。」

之白在話筒裡聽著無聲息的傳訊，並不全是一大片空白。唐閎放下話筒去找天末?他不敢揚聲叫她？

話筒裡的沈靜，即刻不那般冗長、無趣，反而刺到某癢處神經似地吃吃笑出聲來。她一個人在無有聲息的境地中笑著。

這其中眞有她的癢、痛處？

她閉上眼睛，腦中隨話筒空白起。思緒的空白世界是黑的，沒有一絲毫雜形。在另外一個全黑的潛意識裡，有一切的線頭？

是郁以淮？年來和她結婚形同異路的殷子平？眞是感情上遭遇上的不順遂、不平衡？

她在天末的遭遇中，得到了殺傷力反挫後的快樂？

知道天末要到了，她和唐閎反而減少了見面時數。唐閎打電話來：「妳在故意磨難我。」

「這樣不是最好的結局和方式嗎？」她語氣很淡，淡到似乎刻意在掩飾，又是另一種殺傷力反挫的型式。她知道自己並沒有那麼慈悲。她是在刺激唐閎的痛。

「天末還沒來啊！」唐閎變相地哀求。

當然沒有，所以才有戲劇張力。一切得在天末抵達前教育唐閎懂得她的好、壞，祇有她是深刻的獨特。天末一旦到，萬事圓滿，無缺角的組合，戕害從何下手？

她並不愛唐閎，不必忍受因分手、相思引起失神，全部是唐閎一個人的事，他包攬定了。她覺得輕鬆。

這是她的長處嗎?可能是。

「也許是他弟妹。奇怪他們家一點看不出失常，跟他死前一模一樣。」她喃喃自語。

天末無奈地笑了笑：「悲傷的事不見得表面容易看得出來。」之白仰著頭，那神態似是什麼皆不想記得：「妳眞奇怪，整個人從外表、想法、講法都像個大學女生。」

「妳回來預定待多久?」天末岔開話題。

「不一定，也許回去過年。」

「如果早回去，幫忙帶點日用品給唐閦可不可以?」

之白低下眼瞼看天末。臉上沒有表情，其實那才是她最豐富的表情，透露她任性之外的深沈、心智，是看似沒有變化的佈局。之白搖搖頭：「妳還理他?」

「又不是小孩翻臉。」

之白頓時像挨了記回馬槍，天末沒費丁點力氣反抽她一下。天末雙手捧酒敬之白：「這酒性怎麼樣?」

「很好。在國外這幾年我什麼都好，就喝酒這點不習慣，說來奇怪，喝酒也是在國外學上癮的，喝多了外國酒以後老覺得酒性空空的不紮實，反倒想喝台灣的酒。」之白停頓半晌突然笑了：「跟這幾年談情說愛的脾性、路線差不多。」之白從不惹外國人。

之白比劃手中杯子回敬天末：「我們兩個今晚把這瓶酒喝掉，酒開了封容易走味。」

天末眼梢因著酒氣而抹紅，眞像畫中仕女，份外俊逸、馨甜，這也是她首次見到天末時的第一印象。

遇見唐閎是在一個朋友的歡迎茶會上，沒有酒，因此愈加乏味。她隨殷子平甫由一個大都會到達，無論從那個角度去看，她都不喜歡這個小城，不新不舊的建築，不新不舊的人、風氣，尤其是人，愈發無味。她單獨向主人要了瓶酒，坐在室外走廊階梯上自顧喝著，直直望去，盡眼是黑，在墨黑中有星光、窗中燈火，並非沒有過這樣的情景、小城，郁以淮記憶倏然冒上。

「我的房間純粹是男生房間，人在就亮燈，要睡覺就關掉。」房間在他口中眞正顯出了家的意味。有燈光的房間是家的靈魂。

依郁以淮個性，必定亦是小城小鎭的命，幾盞燈，一個或兩個孩子。然後她當然一如現在坐在院外獨飲？看來女人無論跟了誰都相同命運。

殷子平是來避世的，免得在大都會中引致謠傳、招風，起碼要繼續做點研究，表示他無意從政。當然他的心情完全沒有避世之意。殷子平的個性一如他的家世，詭異多變，有時天眞，有時沈默、無爭、開朗，完全的自我主義。她是結婚後旋即發現他異於常人的個性，當下打定基本主意——不管他。甚而比他更本位主義。

身後門內洩出一道光，乍然伸鋪到她腳前，她轉回頭看出是唐闓，那姿態在光柱中，背景逼人，有多則故事，是舊的。她不由輕微一顫。

「把門關緊好嗎？」她說。不能控制自己的冷峻，聽出是帶了保護色。

唐闓掏出煙，一言不發坐在她身後階上噴吐，不知怎麼，那迫不及待的點火、吸烟姿勢，給她一份落寞的感應。她最怕、無法忍受那心理狀況。

「要不要喝點酒？」她問。

「介意我抽烟？」唐闓明明祇不過是客套，聽來卻有三分不在乎的意味。

他把她看成什麼人了？她掉過頭去注視他。

「我一個人來的。」唐闓又說。

之白冷哼一聲：「恐怕得一個人過這輩子。」

「妳那先生還不錯。」

這次之白沒有反擊，不清楚唐闓話後眞意，國外遊子甚至土生土長華僑她見過不少，唐闓的酸及無禮且不認生，遇誰都可以丟一套上去，她最討厭的一種社交方式。

「有更不錯的呢！」之白話中不帶一絲感情。

「當然不會是我。」

「哼——」她掉正頭不再聞問，祇自顧一口一口飲下，慣常的仰起頭就酒，像小時候就水龍頭喝水，長大了，玩的遊戲不再相同。

「妳這喝酒的樣子實在不怎麼。」唐閎把菸捺掉，冷不防又是一句。

她再度回頭，唐閎眼睛清亮有光，不類殷子平，殷子平是能多頹廢就多頹廢，另加上暮氣。所以有一份文質彬彬的味兒，全因爲那股暮氣。

「應該怎麼樣？」她下意識降低了音量。出國後，她周圍的人太少有那麼雙眼睛了。郁以淮曾經是。

「以酒杯就口。」唐閎笑了。明白表示出他要傳達的是個訊息。

以酒杯就口？

之白隨即仰起頭想狂笑，笑不出聲，祇擠出一小圈微笑的紋蕩漾嘴角四周。的確，凡事難脫如此公式，嘆她白白遊戲那麼多場感情，舉一反三不會。以愛情就她，讓男子來圍繞。那是最高級的姿態。

之白遞酒杯過去，唐閎仰頭一飲而盡：「男人倒應該去就酒杯。」

之白這才忍不住連聲笑起。這樣的夜晚及小城彷彿從此有了點意思。

她問唐閎：「結婚沒？」

「沒有，人快來了就是。」

「原來就是這個？」

「嗯。」

「初戀很少成功的噢——」她心想，卻一動念說道：「時間長短根本不是問題。」

「嗯？」

她仍會想到郁以淮不是?她根本不關心誰的戀愛，然曾經由他的眼神觸及郁以淮。

「沒有。」她說：「你一個人不怕寂寞？」

「還好。惹不起。」

「眞的？」他直視唐閎面孔，淡漠光中，如果他臉部肌肉輕微抽動，足以表明他在說謊。

唐閎倒眞沒任何反應，她伸手在他臉上輕輕擦撫，那麼理所當然、自然。郁以淮也不太說謊。蠻好的一個男孩。

唐閎抓住她的手，沒有說話，但是盯著她看，接受暗示似地，她湊上臉，在距離他十公分處停下，他的眼睛變成了沒有任何光，是兩個黑洞。

「妳眞喝了不少酒。」唐閎嘴裡氣息吐在她臉上，暖暖的帶點很單純的菸香，鮮少有男人是這樣的，他們大部分渾濁，祇有男孩子能吸收某些單純的氣息。

他稍稍一逼近，很容易兩張脣互相接觸。之白從內到外俱是同樣冷香，他先聞到，然後吃到。完全不像天末。

她把臉拉遠，見他手中仍握著酒杯，杯中酒靜無波，發現了自己是遭遇到什麼人了，她偏著頭說：「難得還有人能教我什麼，謝謝你。」

唐閎瞇著眼不是微笑地說：「女人就是要不同的男人教會！」

有些人在感情一事上完全是個冷漠的人，唐閎便是。她相信他什麼樣絕情的事都做得到。

天末抵達後種種遭遇，果然如此。

她原先意思是想通盤告訴天末關於唐閎本性，這樣的人還有什麼好盼望？也許天末離開唐閎最好不再回頭。但是沒料及稍微偏差，他們是如此殘暴，傷盡天末一人。而且天末到現在仍是最不知情的一個。

「妳可以正大光明的去拜望郁以淮的父親啊！」天末淡淡說道。

天末未詢問她和唐閎過往，反而獻計於她的往事，她眞不懂天末，天末眞的不在乎？

「走以前再去。回來有沒有新的發展？」

天末未置是否，十分強烈的拒絕發表現況。天末有她獨特的個性？「對方也有一個教妳困擾的女人是不是？」之白仍追問。

「沒有。」天末抬起頭反問之白：「唐閎愛喝什麼酒？」

果然天末猜測她和唐闋是因酒際會。她搖搖頭：「大概什麼都來吧！」語氣裡有十分明顯的暗示。訴說唐闋有關。

天末臉色一沉：「他以前不是這樣的，他以前還蠻熱情，不像後來那樣漠然，什麼都不在意。」

「天末，我勸妳一句，就這一句好不好？妳自己也別太熱情。」

「妳呢？」

「我是濫情，傷不到自己，也傷不到別人。」

「妳恐怕已經傷到了唐闋。」

之白眼神一黯，點點頭，無以辭對。天末的話當然有一位做妻子的難堪，受傷最深的，應當是天末，天末毫不避諱指責她，是替唐闋申訴。這恐怕是一個妻子最痛的傷疤吧？

「我很抱歉。」

「為什麼要這樣子呢？這麼複雜。」天末深深嘆口氣，由衷感慨。她笑得平靜：「之白，我不恨妳，但是妳自己以後要留點情。」

之白站起身：「我要走了。」

天末靜坐不動，目送之白拉門出去，不需要再多說，以前在國外便不是說得多的朋友，有的祇是一點相依附的心情，這點心情回來以後還適用嗎？彼此已有其他心情。唐閎再不能連結她們。這樣的傷害到底有意還是無意？

之白拉攏門，天末眼見門靠上後，發出「逢」地一聲，聲調低弱，令兩人同樣一震，到底這其中傳達什麼訊息？隨著扇門掩緊，彼此身影頃刻消失，連同屋內的光。

誰能刻劃這是何種線條、何種深淺的滋味？帶點絕望，整個快樂不起來，失了生命的勁道。

之白顧不得地往前走，熱鬧的城市，聲光頻繁的城市，教她懷疑曾經歷經完全相反的生活。

走到郁家窗外，抬眼凝望對面高樓上燈光，是郁以淮在的時候才有的屬於家的感覺，眞是他所扭亮？那女子眞是他的妻？完全的從前，完全的不是從前。

爲什麼郁以淮在世的感覺那麼濃烈？那麼晚了，他房裡的燈仍未滅——

「……在的時候就亮著，睡覺就關掉。」

他在做什麼？

背後有車聲，及聽不見卻可以感覺到的呼吸，她的心、全身皮膚泛起一陣寒，從頭冷到腳，很少有人及動靜教她如此本能反應。她將視線、心從燈光處收回，轉過頭望去，看清楚了，整個身子轉正。郁以淮果眞沒睡。

她無法調整全身脈搏呼吸，無法置信站在眼前的事實。郁以淮眞沒死！那女子眞是他的妻?她講不出話來。那身影亦無話。

她掉過頭迅速離開現場，他原來沒死。如果他眞的沒死，她當然隨時找得到他。

郁以淮隨她腳步快速跟上，離開那四方連公寓。

他們從沒有在外面住過，她甚至不知道郁以淮身上特徵，卻從來不減對他的思念。

當他們對坐在她所住旅館房間時，無任何不習慣。

是他們的際遇、訓練超過了他們的習慣?

「妳變了很多。」

她眼梢緊抽，減弱光度的瞳孔由微瞇的眼眶中直視郁以淮，再再鼻酸。誰沒變呢?她能反駁說:「你也變了很多?」或者:「我們都變了?」

郁以淮死訊傳來時，美國的冷、大、陌生彷彿是她永恆的噩夢，她打電話，郁家永遠沒人接，她確定這個噩夢是不會醒了。她隻身前往紐約，帶著殷子平的錢，強行揮霍，全部一個人，跳舞、看戲、窮逛、購物，生命蘊藏著不守信規後形單影隻的身、心從那時邁出了放浪的第一步。似乎人生並不長，長不長她心裡有數。

她在國外這麼多年，祇有剛去時覺得有些希望，一個人獨自活著，居心陰沉，行徑狂放，怎麼樣也不是個期盼未來的模樣。人生長不長，祇要不是鬧劇。

而她在人生似長中，和一個應該死去的人再度見面。

她問他：「你一直在等待今天？」

之白直瞪住郁以淮，那眼神似有無限心意又似空洞，終於再忍不住掉下淚來。

不用問也明白郁以淮爲什麼要欺騙她，她仍然問：「你爲什麼要這樣做？」

郁以淮低下頭去，沒有話，握起之白的手，在之白站崗時的身影及現在忍不住問詢中，知道之白爲這事付出的代價。

郁以淮無話，室內光暗看不清他臉上表情，沒有聲音，因此更不明白他所想。他終於搖搖頭：「之白，對不起。」

「我不負責任，可是你更像個小孩。你祇傷我一個人，你滿意了嗎？」

似乎即將黎明，窗外馬路車聲間次增快，然而在沒眞正天亮前，仍是黑的狀態。凡事如此。

郁以淮的妻子想必知道他是隨她去，這世界此刻至少有三個人沒睡，而黑暗似乎很難過去。

「我以爲自己有錯到底的決心，所以設計好一套教妳難受的過程，原本想到妳至少會回來一趟——」

「我一個人在紐約過了四十幾天，我回來做什麼？做你的未亡人？」

郁以淮站直身子，面對之白：「妳現在回來做什麼？」

「看你的未亡人啊！」

郁以淮笑笑：「那妳已經看到了。」

之白反應極快，彈簧似站在郁以淮對面。郁以淮說：「之白，妳不覺得她很像妳嗎？」

「你這混蛋！」之白直覺地脫口罵道。

「我並不認爲這很卑鄙！我很喜歡妳，當然要找個像妳的，雖然到最後看到她便近似自我懲罰。」

「她知道我們的事？」

「知道有妳這麼一個人，其他不清楚。」

之白靠身窗台，飯店隔音雙層，窗外是個無聲世界，看得到，摸不到，聽不到，恰如她這些年的外表內裡。觸及痛處時，聽不見叫聲。

郁以淮挨近她身後，之白立即感覺強烈，聞到他特有的氣息。一個人的味道是不容易忘記的。

「我想回去了。」之白說，抹去臉上的難堪及淚。

「有人在等妳？」

「嗯。」她漫聲虛應。

「妳先生？」

「嗯。」

「他是個怎樣的人？」

「不像你。」之白無痛無感似望向窗外。

「完全不像我？」郁以淮猜測著把聽到的一點一滴累積。

「他是個外國人。心態上。」她轉過身子苦笑道：「我大概也是。」

「多留段時間好不好？」

如果他們中間沒有經歷變化，她可以確定郁以淮話中意思，現在，她本身心態，郁以淮處境，她眞不敢驟下判斷。

「我們多談談。」郁以淮再加強話意。

「我倒寧願沒回來過。」

「多留段時間，妳就不會後悔了。」他從開始即不要求之白永遠留下。那麼理所當然事情錯過便不能從前，要敘的祇有未來。

「你現在很有自信了！」

「之白，如果我不努力，妳嫁給別人那年我就該瘋了，其實也等於死過一次，既然活了過來——」

「就不會再那麼在乎？」之白接過郁以淮的話，聲音空洞。

「希望有機會彌補。」

她緩緩搖頭，不像拒絕，像全然的否決。整件事都在郁以淮設計中嗎？如果是，她留下來豈非變相成爲一名破壞者？威脅他的家庭、妻子和他的自信。

「你永遠不會有機會了，郁以淮，看在是我先對不起你，這次，我不追擊，你回家吧，明天你還要上班。」

眞正天亮了，車聲變爲雙線似在無意中侵擾進屋，相隔一層，聽來恍若似夢，之白陷在錐心刺痛中，無法置顧，沈溺中幾乎忘了自己回來的目的。

好像是在紐約那四十幾天孤魂似的日子中，臉頰由圓變長型，總有個念頭擺脫不掉往上衝，衝不出腦門，屯積到某個程度無法昇華，變成她面相一部分，都說相由心生不是？應當是。可是他仍認得她。

大半時間，一個人的時候，什麼也想不起來，空白兼渾沌，希望想起什麼，譬如郁以淮的種種，他怎麼叫她、吃幾碗飯、愛看那份報？一些最簡單的習慣，即使想起，反不敢肯定，她懷疑事件如此簡單，他們之間這麼簡單，也許原本十分單純，已經讓她擾渾了。她甚至懷疑起自己。經常走著或坐著，陷入一種焦慮中，忘記自己活著的目的。

郁以淮雙手環住她，低沈、誠懇的：「抱一抱？」

她算眞正見識到比她玩世的人，顯然她這幾年沒有好好休養生息，荒於用兵。世故招數，就像磨劍，不磨怎麼會快？

緊緊依著郁以淮肩胛，熟悉的高度、尺寸、氣息，抱的方式、時間。郁以淮良久無言，沈默容易推人向某個境地。之白終於飲泣出聲，壓抑不住的抽搐、顫動。郁以淮抱她更緊。

「之白。」他叫喚她。

在她聽來太遠太恨。

「之白。」他攏緊她整個身子，之白年輕時被抱住後的肢體僵硬，他每愛這樣相擁之間沒有空隙，靜默休憩，胸口震盪著之白的心跳。起初之白的心跳在緊抱住時會加速，他便輕輕貼著她的臉頰，讓她聞到他身上的氣息，是他，不是別人，之白方逐漸平常。現在之白周身輕盈，反而不太好使力。一如愛情？

「之白——」他輕貼住她的臉。

之白旋即全身僵直，止住顫動，搖搖頭，更冷地說：「你明明都記得。」

「是不是我們年輕相愛的方式都太激烈了，以至於沒有方法？」

「現在呢？」

「有了方法，可是時間和對象過去了。」

之白的世界以前和現在都不是平平靜靜的愛，或者和郁以淮曾經有過，似乎更貼近「平常」而非平靜，如果「平靜」是愛的最高極致，她向來用的都不是這個方式，郁以淮又懂得嗎？

「學來的？」

「嗯，失去以後，一直想恢復，用盡各種偏激的方法，退伍以後，發現還是好累，每天不知道做什麼，一個大男人——老是在晚上散步，呆坐在公園裡，不相信一個人失戀會是這樣，消沈了一段時間，人反而更覺得孤單，更不想振作，去考研究所，一個沒考上，才有了點覺悟，想想做事比較好，至少要去努力。」

「然後遇上了你太太？」

「也不是第一個就遇上的，現在台北女孩子太多了，要想好好成家，不是件容易的事，很難談對一場戀愛，我也早不這麼奢望，能組織個起碼的家庭就算了。」

「不過你原來就是這種個性。」之白稍離他的耳頰及身體。

似乎是貼近看不見彼此更好談舊，郁以淮又拉近兩人之間距離，之白甚至感覺到他輕微一顫。緩慢卻非反駁之白感慨地說：「原來不是這樣的。」

是不是這樣呢？郁以淮已婚，她已嫁，皆有各自地限，常理應是無可交融。他們的心或環境。

「多留一段時間。」郁以淮又說。

之白推遠他，仔細精研他臉上線條，郁以淮仍不失俊雅、和諧，當然不是他交往朋友中最出色，可是他給她的感受是極其親切，靠緊亦不覺迫危，而且，是她最不想跟他去比較、計較的。

她搖搖頭：「我想一想。」

屋內光亮愈來愈明顯，沈沈躺在地毯、座椅上，是活的世界的告示。彷彿太息。內外廊上，則靜悄止於闃寂，是無爲的存在。

之白累極，伏面向床，耳裡交替著吵與寂靜，像時間的起伏，她想到時間，她問郁以淮：「你今年幾歲了？」

「二十九，叫三十。」

他們同年。之白重重嘆口氣：「時間過得好快。」

郁以淮把窗帘拉攏，頭靠在椅子上，垂垂欲睡。翻騰一場，一則眞正沒多少精力了，二則年來太少如此消磨。

之白很快睡熟，屋內頓失生命似，窗帘密合，沒有光、聲音，沒有了生命的意義。郁以淮亦很快在太虛中睡熟。

他們在如此偃息無爲之地重逢，是幸或不幸？

這樣的夢中恐怕不必驚起。廊外時間並沒停下腳步，恍若心與夢的內察，清理著這座生命殿堂；外省者則有窗外衝俎。讓人悸動的，約以內省爲大。

門把傳來旋扭聲，郁以淮陡地睜眼，靜視門把，夢幻中，錯覺有人正企圖闖入他們的生息。他扭開大門，是服務生，已經走到隔壁房門口，見到他，萬分謙恭地：「對不起，我們打掃房間。」

之白仍沈睡無邪安然枕上，瓷白、逸長的臉頰在枕上勾出極優雅的線條。之白比之從前，線條更簡潔有力，少了份少女的柔和，多了其他。

再見之白，仍在雜亂的背景中一眼驚心，頓時她身後街角、店家完全靜止下去，祇有她是生動的，他想起「釵頭鳳」中陸游與唐琬的故事，「傷心橋下春波綠，曾是驚鴻照影來」，捨不得驚擾她，怕一召喚，之白便幻化消失了。

說來奇怪，他隱隱斷知這一生很快會再見她，之白的飄忽難測足以讓她要東便東，要西便西，她一念間不定立刻回台北。等待的過程中，偶爾想起之白片段，無端地懼怕時間太快，惶恐再見彼此俱老。一切都來不及。

衣眉問：「黎之白是不是有點像我？」

他搜尋窗外並不見之白，然而確定他們曾經當面會照，他問衣眉：「妳提她做什麼？」

「你自己留點意！」衣眉無甚好氣。

在感情一事上，衣眉是不若之白灑脫，因而反吃苦不大，小小心心的看守住她的感情、家庭，碰上任何對象，很可就此終老。

他無意比較之白和衣眉，一個是他初戀的女友，一個是他的妻，那一樣比較重要？常理當然是「妻子」。

常理嗎？可嘆在之白字典裡根本沒這個字。更可嘆是他猛然地覺察到自己心性愈來愈傾向之白。命理或者刻意轉變？

說來他這幾年過得蠻好，衣眉的酷似之白處經常帶給他一份幻覺，在幻覺中他載浮載沉，倒也飄然；衣眉的謹慎、細心是辨識她倆的分界嶺，在他太過飄然脫軌時拉他復原。一個人經常是自己，偶爾幻身，不能不謂之爲另一種平衡。

就在他以爲自己已經習慣這種狀況時，之白出現了，而他體味到自己的震幅甚廣。

「之白，留下陪陪我。」他向之白畫線條在枕上的面頰默祈。他沒有明白地要求之白再續舊緣，無非不欲承認倆人情事已成過去。

更難堪，他年近三十，要他如男孩般撒嬌、哀訴，不啻從現實中站到舞台，非壓抑絕多自我及尊嚴。他這輩子感情上的成功與挫敗俱繫於之白一人。和衣眉結識、組家過程一貫下來，談不上成就與起伏。死灰重燃，比繼續一口正常呼吸更難。

之白多駐留一會兒都好。一個人走回頭路並不容易。何況兩個人，何況久別重逢。

「之白。」他伏近枕邊，輕聲叫道。

之白睜開眼，橫側著的臉孔上，瞳仁無光，臉頰線條亦因太近失了線路，是一張沒表情的臉。

「我辦公室有事，我先走。」

之白眉目清素，不多贅言點頭做同意狀。

「等我回來？」

之白不作表示。

郁以淮無言，俯身向更前，輕輕接觸之白泛冷的唇，之白臉上線條及全身脈絡俱無反應，沒有線的跳動。

郁以淮自有打算似的，不再遊說，幫之白掖妥被單，拍拍她臉頰，從容走出門去。

之白發現室內一直闃暗，然而他們彼此看得清楚。一點不因爲黑靜。

郁以淮是久來跟她單獨相處、度夜而無肉體關係的人！是第一個，也是唯一的一個。

她這幾年來的交往，都比她小，年齡或心理。她非熱情才能打動？交往中唯一不變的，是郁以淮，總在離去時輕拍她臉頰，偶爾撫摸，在這兩者間傳達他的心情，快樂時輕拍，熱情時則對她如貓，又適可而止。兩者都令她陶醉。

他捨不得她走的時候，往往更沉默，眼睛裡全是話，想說，手指間一逕輕輕撫摸著她的臉頰。

「你對感情的看法怎麼樣？」

有一回她逗他說出心裡的想法。

「我覺得要讓一個女孩子去墮胎是最殘忍的事。」

她終於明白郁以淮何以從不進一步要求她，非他有過人的自制力，而是因爲他對人的尊敬。對她的一種愛護。

她呢？她愛過他嗎？

愛情如果是份感受，問題是她對唐閎，甚至殷子平也不同啊！唯一區別，是她離開郁以淮會有想念。

以前如此，未來？她不再確定。

之白踱到窗台，撥開遮帘，讓進一線光，街面十字路上匆匆的人群中，即使有郁以淮，很難一眼分辨，何況郁以淮那裡辦公、那個方向她一概不知，完全像街上偶然遇上的陌生人， 深覺神交已久，人世間實際背景，則付闕如。現在，他又投身街道人群中了，更加陌生。相逢不知何年。相逢不知何年！

「相逢不知何年？」她默唸。反而淺笑中流下淚，多細膩、感嘆的句子，是她胸臆中潛藏的句子嗎？不經意即湧冒出。一如久遠的情人，發現從來並沒忘過。

潛意識或舊戀情都常教人無可如何。

之白緊靠窗台，不想動，彷彿郁以淮即刻將回轉，而她正在等候。

「是嗎？」她自問。

她等過唐闊，他指點她喝酒那天後。並不明顯的擺出了姿態。她想唐闊會找來，如果他有點膽量。這點恐怕是唐闊和郁以淮差別最大處，是愛情的品質還是人品有關？她不知道，也許她更像唐闊。總之郁以淮得知她將另嫁，快刀痛斬，而唐闊明知羅敷有夫，仍不放棄堅持，感情航道行駛的時間長短誰勝一籌，就很難說。

唐闊開車來找她，沒有預約，彷彿也是碰運氣，更可能他預留反悔的餘地，如果她不在，等於他並沒約她。

那城市她仍陌生，不過知道唐闊不敢留在城裡。唐闊握住駕駛盤盯直前方，她問道：「去那裡？」

「哼——」他冷然一聲。並沒繼續。她後來才發現唐闊眞正話少。

她原以爲他會愛她愛得十分辛苦，後來才發現他根本把情與慾分得淸楚。種種因素累積，使得他們之間輪流出招欲占上風，欲反擊對方，傷的是誰？一直很難說。

他開車載她上公路，不帶地圖毫無目的，一直往前開去，路上唐闊照例少話，顯出他獨特的注意集中，平常人甚少見。唐闊方向感亦出奇敏銳，他可以很正確的說出時間、方向、遠近，彷彿他長久以來勤練如何茫茫天地中尋找自我。

「你經常這樣跑？」

「嗯。我大概被丟到月球自己也會找回來。」

是寂寞使然？是自我放逐？自我爲中心？唐閎的個性的確不易掌握。

「你以前也是這樣？」

唐閎搖搖頭：「以前不會這麼自私，人和人靠得愈近愈有人味，也比較容易失去自我，可是在這麼大的地方你如果是一個人，就更容易發現自我，我現在是自我把握太多，發展過分了。」

這是唐閎說過最眞心的話，他還說：「妳知道嗎？我現在對自己的訓練是嚴格到連思想時都用英文。」

「爲什麼？」

「我不喜歡分裂。」思想和語言嗎？用英文想的時候如果又用中文推翻，是一種思想的分裂嗎？

她對唐閎的好玩心態，逐漸被好奇替代。

他們在一家汽車旅館住下，在那裡，他們是一對所謂的「外國人」，彼此見第一次面時親吻，第二次會發展到什麼程度，早便成形。任何情況都可能發生。那汽車旅館的簡陋以及唐閎的自我主義絕不適合談愛，不是她的調子，全因爲好奇吧？

他們這樣的開始夠稱得上「苟且」嗎？之白沒有更好的形容詞了。然而她隨即發現，卑陋的事往往自有趣味，絕非清澈如水的愛情、乾淨堂皇的空間，是另一形式的門當戶對。

他們無處可去才困在汽車旅館裡?像一對雌雄大盜藏跡於此。無止盡的公路四通八達，又是他們的前途。她覺得滿意了。

她問唐閎：「那天聚會散掉以後，你都在做什麼？」她心並不在新到的小城，倒眞尋舊似的逛過幾圈。在國外，同個小城，一個外國人很容易碰到另一個外國人的。

唐閎在研究室裡，爲自己的工作，爲安定不去想之白而鑽研足不出戶。他再三比較天末的沈隱，之白的嫚媚，難堪是他並沒有多少可予比較的戀情。

「妳問題眞多！」唐閎男性直覺到之白渾身是勁兒，並非陰柔。陰柔也是一股看不見的勁道。

他後來體會出之白使力絕不在表面，硬纏上去，總會暗中受痛。之白當時化然一笑，覺得唐閎的狹窄將來害及不止他本身。她願意在這無事小城觀看到。

因此，她一直和唐閎保持糾纏關係。不意等來是天末這樣的人。看來，大家都不若郁以淮，祇有他斷得乾淨。她還會找回來。會等在窗台邊觸一得三，並且前後皆不是。她發現，是傻癡才猶豫，才走回頭路。

而她，還停了下來。

還自以爲人鬼已過。

之白走後更趨靜，天末站在屋子中央凝望門口、窗檽、玄關，中硯最愛在那兒穿鞋、回頭。桌上海臭蟲、青菜留下大半，花生則外皮一攝一攝兩三點綴，之白吃花生有剝皮的習慣，代表她一貫的光滑、細緻。海臭蟲殘殼較顯眼，彷彿還留著口沫，啃咬過後的支離破碎，像海臭蟲間鬩鬥結果留下爭吵的餘味。沒有下手收拾的地方。

她攤平報紙，翻到求職欄，人求事或事求人；代表了這世界強烈的冷暖和無法自主，但是最能反映人生眞實性，自成一個可觀的小小世界。她極需參與。

天末眼光走著走著氾到隔欄，是一長排尋人啓事，不外警告逃妻、通知兵役速返，甚缺「家兄江南死，舍弟塞北亡」的悲歡離合，她記得小時候報上尋人欄裡，每天可見烽火遍地、日據徵兵後的後遺症，流離失散，恐怕是人間最難相信的一種分手吧？在巡目中，她發現，人的名字眞有相格，經常困頓、通緝者，常是音、義雷同的字相。

那麼多名字其實祇有一種意義，代表了生的面貌。很容易就被時間打倒。胸間久久不能平息的是之白對待唐閎及感情的手法，難道之白眞打不倒？

之白說起酒性和談情的脾性、路線是：「都差不多。」

之白代表一份無所謂嗎？或是抓不住？看來唐閎在她走後和之白並沒轉開的餘地。

在稍晚、昏暈的燈下，天末順著尋人啓事欄往下走。報欄最下，是電影廣告。天末貼面在桌上，倍覺一切可笑。每一字、每一件事被排列整齊，亂中有序？像人的情感交遞？

她想到遠謫似的唐閎，想到他們的後半輩子，在這樣一個夜裡，之白來過後。她徹底的原諒了他。大家都可憐。

天末貼面在桌，淚水吸微笑順著微笑的臉頰流到貼熱了的桌面，祇有一邊，另一邊臉頰則清涼。因爲位置。她拿起電話，直撥唐閎，國際電話，號碼特別長，那邊家裡的電話她是記得的，然而那並不使唐閎遲疑出門。響了十五聲，她掛上話筒。唐閎不在，因爲時差嗎？

伏聽那一聲聲電話鈴響而無人接，天末心境隨之上下，彷彿她正站在大表演廳中央，那麼衆目睽睽，無所遁形。雖然祇她一個人，她眞有暴露的感覺。大家活得那麼辛苦，應該不要計較。唐閎需不需要她是另一回事，他也不需要別人。而且，她在這地方不是任何人，又祇是任何人之一。連中硯都不能去問。尋求一份活的踏實感，眞那麼有意義嗎？

她伏在桌面，在隱隱煩躁中睡沉，伴著酒意。燈仍暈亮，一寸寸天光侵蝕似進屋，暈亮終於融在自然光中，彷彿一個人的戚憂融在更深沉的宇宙中。

她再也不是任何人。

之白和衣鑽進被單，一反她平常睡眠的習慣，全身非舒坦而是蜷縮一團，似夢非夢。

突然她全身伸直，像貓嗅到暗動，果然，緊接床櫃上電話嗚咽似輕響起，並不大聲，她想是郁以淮。電話裡異常沉靜，她憑感應知道不是郁以淮。

「請問那位？」之白問。

「妳是黎小姐嗎？我是彭衣眉——」

之白倦極。那名字即使在她退下疆場後，她久經磨歷，直覺反應仍是無須震驚，以免弱了聲勢。

「妳好！」之白平常說道。

「郁以淮還在嗎？」彭衣眉刻意簡明，不像一個妻子發的通告。更嚴重。

「走了。」

彭衣眉並沒放下電話，之白當然知道她還有話說，但是之白並不主動發話。

「我們見過面。」彭衣眉終於說。

「嗯。」

「黎小姐，妳這次回來有沒有什麼打算？」

「沒有，郁以淮心裡明白，妳不用質詢我，我和他是老朋友，妳不用擔心。」她突然不想明目張膽的去傷害人，郁以淮不是說她們很像嗎？去傷害另一個自己，未免便宜了郁以淮。

「請妳到我們家來玩好嗎？」彭衣眉意圖用懷柔手段籠絡假想敵。

之白笑了，覺得沒來由的冷，緊縮成一團，淡淡地：「我認識郁家不止十年，妳不必客氣，我會去。郁伯伯還好吧？」

「他出去了。」

「妳不上班？」

「今天特別請了假——」

什麼理由？衣眉沒說，但是那簡直太明白了。她語氣一逕壓抑，有修飾過後的恬柔，彷彿她一直低著頭說話。直像她的名字。

「妳認識郁以淮多久了？」之白問道。

「快六年了。」衣眉不知是感慨還是自忖：「實在很難想像。」

之白怔忡，猛然覺醒郁以淮的難以恢復，是心理，行為上沒有停過進行情感事件。

她當然不可能像彭衣眉那樣由話中透露出過多，之白拉直了喉嚨：「郁以淮是蠻好的，很使人眷戀。」

　彭衣眉畏懼她眷念郁以淮嗎？恐怕是的，之白似乎在線路短暫的空白中看到彭衣眉的慘悸，這樣的天氣、發生，臉色、心態確實很難飽滿紅潤。

「他這幾年都還好。」衣眉憋足了氣。之白眞擔心她隨時控制不住嚎啕痛泣。

「他說妳很像我。」之白故意岔開話，引到另一條更深淵，彭衣眉沒理由不跟著走，不跳下去，祇消之白一彈指。

「有點。」

「他喜歡固定一種型的人，連日用品都是這樣。」

「噯！」衣眉的氣是愈來愈短。

　之白再度不忍，稍事沉默，覺得夠了。彭衣眉毫無意於表現他們夫妻間的恩愛，亦不咄咄逼問，如果咆哮相向，恐怕祇會是一場戰爭，而非鬥智，沒有人要跟她們，所以分外悶沉。沒有人嗎？誰說第一任情人地位最高？

　她不清楚彭衣眉對郁以淮的信任程度，放由他徹夜不返祇是信任嗎？抑或他們夫妻早有協定？反而是她一頭陷進深淵？

　這分明演變爲一個女人跟另一個女人的戰爭。

　之白穩住語氣：「彭小姐，郁以淮回來的話，麻煩你告訴他我回爸媽家了。」

　彭衣眉顯出愕然，突地說：「外面變天了，妳衣服夠嗎？」忘了之白來自更冷的地方。

之白將電話掛下，她願意花長時間、精神服貼這件情事。而且，她先要把問題丟還給郁以淮夫妻倆。

之白悵然一笑，不用攬鏡便可知，整個形容，意氣不到那兒去。彭衣眉亦好受不到那兒去。

室內惛惛，惹人恍惚。之白拉高被套，暫時亟欲進入一個更愚昏的境地。

「天末！」之白潛意識默默念的，竟是天末名字。

「去叫天末來，我跟她說。」人都要走了，她仍一意堅持。她在電話中吃吃作笑。幾乎要脫口對唐閎說：「我拿掉的那孩子就是你的！」

是唐閎的？應該是。她那段日子意態消沈，唐閎之外沒有任何接觸。照理應是殷子平的，她但願。

關於和唐閎，她意味到天末的揣度，她偏故弄虛玄。似有若無的戕傷，天末首當其衝。眞正體無完膚離開唐閎。

傳說中不得出生的胎兒因爲發育不全，永遠無法再轉世，連豬、狗、貓動物級皆不可附生，他們在空間中浮游，沒有面目，發不成聲，而且經常託夢。

已構成罪愆，她竟從無夢。祇一味重拾舊夢！胎兒無辜，她想的是更無助的大人。現在，不是郁以淮了。

唯一沒有發生關係的她因此懷念？之白側身向牆，神情恍惚地笑了笑。

室內幽暗可見。是黑得不夠？

她彷彿亦在不知名的空間中浮游、吶喊無聲，而表面，多麼平靜。之白又是一笑。外面變天，室溫如春，室溫可隨意調整，她當然不覺。

走在街上，明知道身後不可能再有人，天末仍暗中提氣，提防猛回首時必須一笑。如果是中硯的話。

台北突然冷清不少，寒流席捲一切似地。在短短幾天變了天。她往前走去。空氣清冷，彷彿將所有氣息結凍。

年關將屆，公司行號大多在盤存、休養階段。除去百貨業大肆狂作，收底一般。而她，又不能去做售貨小姐。

台北這幾年傳播媒體聲先奪人擴張得處處可見，人人、事事當頭之急在於如何將自己推銷出去。她自問這行尚可勝任，學的又是這門。

或許是國外幾年，她比台灣一般人白，渾身透股素淨味道，做事意願顯著的被打了折扣，她有時真恨自己不蘊世事的氣質。

大樓與大樓間穿堂風在她經過時吹得她快步往前跑，「泰然自若」在這城市多麼不合宜。長坐、長睡更非良策。祇有往前衝去。拿著報紙，不忘記搜看建築物門牌，終於在一幢大樓前停下。

走進大廳，看板上標明「正氣」傳播在六樓，不高不矮的地位。電梯門口佇立的幾個人，天末悄悄觀察，應徵同一工作嗎？大樓每日進進出出難以計數，顯然這些人彼此並不熟稔，否則不該如此冷淡。

隨著電梯高升，不時有人伸手按樓號，惟恐錯過天堂一般。天末在六樓跨出，並沒有其他人跟進。是得失心吧？她忍不住再三懷疑。

站在電梯門口，透明玻璃門擋住另外一個世界，是她要試闖的；身後合金電梯門緊閉無縫，裡面亦包含有人，卻不是目的，無法停駐、轉身。

面臨這樣地步惹人踟躕嗎？目前的失業率，代表了大家必須一試再試，這點既無法改變，然而她卻老大不小了，過了那個可以儲存紀錄的年齡。

雖然透明玻璃門，並不代表無色，淺咖啡玻璃面裡面隱隱約約有人活動，眞像一個人的心情。

「已經過期了？」是否應當有更多動靜的。

她的手卻走負面反應去推門，室內的光亮和吵雜，同樣教她暗吃一驚，環境、手腦不協調都是種意想不到。

服務台小姐微微一笑，那笑，那裡見過，到處是，順便打探了她，發現笑不下去了，便問道：「找那位？」

詢。

天末確定弄錯時間了，不問她是否來找事，直接就問找誰，可見並沒有職位待

「我找張小姐。」天末又是口腦不一。這次是嘴巴反應較快。

「張小姐？那個部門的？」

「推廣組。」

「沒有姓張的啊？」

「噢！對不起！大概我找錯了。」她即刻找了階梯下。

是張慕文的張小姐？爲什麼不是章？不是臧？那個張都非她所能控制。早該在出門時買份當天的報紙，新的人事畢竟較準，較爲直截接觸。

站在電梯口，背後玻璃門不時開關有人出入。她想想，這眞像腦門記憶。而且有熟悉的開關方式、聲音——及味道。怎麼這城市到處有白花油的味道？

天末轉過頭去，果然是中硯。又是中硯。到了他的地盤嗎？

電梯門正巧打開，天末留在原地，雖然覺得此舉並非上策，至少正常，而且面泛正常的微笑。在這樣商業氣息的地方，在這樣人際交往的地方，微笑不是很正常嗎？也許還該握個手。

玻璃門內的服務台小姐並沒有抬頭注意他們。

「你在這兒做什麼？」她仍笑著問中硯。

中硯沒回答，伸手按了鍵鈕，率先進入另一間電梯，天末跟住。不料電梯節節高升，反了方向，天末血氣節節下降，不太懂中硯反應。好像她出來不是找事，是找人。找他。

「你不用送我，我還有事。」

「妳不是來找我？」

她沒反應，祇看著他和他身後的壁，這麼小的空間。

「那麼巧？妳來做什麼？」中硯追問。

「找事。」天末語氣清晰。

台北每天有人在謀職，現實問題當然無須迴避，中硯卻無法接受似的，重複道：「找事？」

電梯重新落在六樓，天末轉過頭去，不想正看到服務台小姐，那人非中硯的妻子吧？可是中硯的反應憑什麼那麼怪？彷彿怕旁人見到她。她發現再見台北，發展確實有些怪，正大光明的行徑不能代表，暗著的人、事升到浮面。地下色情、地下情人、黑道人物。友情當然不必提出了，很難說服信衆。

這社會不需要友情嗎？尤其是男、女之間？

是那麼小的空間裡。

天末遲退在一隅然後跟在中硯腳步出去，驟然空間膨脹，面對的人更多，讓人厭倦，全是些表面的地上之事，是誰說陽光下一切可能？陽光背後不也一樣？天末漸跟漸遠，滿腦子持續冒出改道他行的想法。走另一條路之必須？

中硯停下腳步等她走近，完全像磁場作用，並且是兩極相吸，臉色亦像磁鐵：「我以為妳有事找我。」

「我不知道你的工作地點。」天末回得簡單，宛若無意眷戀，收緊了心。

中硯企圖露出笑容，天末趁他還沒笑出，冷淡地說：「找你會有什麼事？」中硯這才眞正笑不出形容。

「以前沒事，現在也不會有事的！」天末直直注視刺眼的陽光，反使她瞳孔透明般凝為更純質的寶石。

街頭也許是大家共有的，也許人群早習慣見到類似場面，因此凍冷的天中，更有份陌寒，匆匆的腳步，彷彿人們全要離去，讓人寂寞。

中硯不僅不笑，亦沒有解釋。時間絕對會製造繁複問題，而且往往無解。剩下的，大概多的是遺憾。過去的事，如果重拾起再來過，因為顧忌，往往平添更多憎惡，這層感覺，一旦浮上思緒，永遠就沒希望了。

天末現下反應是這樣嗎？是憎惡他的顧忌嗎？

「妳有空吧？」他問。

天末看往別處，整個外在形象，是個「逗點」，不是驚嘆號或句點，是個過場。當然時間不是問題，根本就是太閒散了。

中硯沈沈一落，想到了天末家中空間及她爾來心境，她出來謀事，無非極欲自立，而且活在人群中。他伸手牽住天末，重重一握，天末指掌竟冷，她一貫的血氣，沒料及這麼冷。

路旁不遠有個報攤，天末掙開他的手走過去買了份報紙，翻到人事欄，冷風撲撲吹在紙面，像拍打著世上的人事。

「還要找事？」

「嗯，你先回去上班，我沒關係。」

「妳坐什麼車？」

「公車。」

天末一條腿垂在椅外，他很想幫那條腿放到座椅上，天末那姿態完全懶得動，他亦全身無力，倒又想重重掌她一拳。憑什麼拿掉孩子？而且這樣躺著，不去積極謀改。他們的年齡、經驗，公車還坐不夠嗎？她那樣平躺著。彷彿變成多年以來唯一存在他腦中的姿態。

他自己做了父親，更不忍心女孩去拿掉胎兒，而天末卻不告訴唐閎打胎的事。告訴過嗎？

坐公車四處找事，這結繩像歲月一樣，一串一串，永遠也不去解它？是她或他不願解？

「到我們公司試試看好不好？」

天末搖頭，繼續埋首在人事堆中，太專注的眼神反而顯出她在自我克制。繁劇的人世中，天末仍然不是好演員。

「我們前幾天沒找到適當的人。」

她仍慣性地搖頭，嘴裡卻問道：「爲什麼？」

「沒有什麼理由。」

她茫然直視前方，街上人潮、車輛更多，有人上車，有人跨下。沒有什麼理由。

「大概因爲太廉價！薪水太少了。」中硯順著天末眼光望去，可以想見原本沒有什麼。

「我要走了，不希望今天出來一事無成。」

「不去我們公司？」

天末搖頭並且微笑：「沒有什麼好抱歉的，你的反應原本就很正常，誰都希望有個完整的家。」

不巧遇上了，曾經希望就此停駐，情事經年，經過廉價的遞嬗後——誰都希望有個完整的家。

天末扭望他處，眼光移動間，清淺的眶眶因是淚水嗎？散渙波光。平凡的笑紋裡裝著更深的不可捉摸。完全流動的是人潮的。

不時有公車切入，她行止毫不見準備，突地跨上最近的公車，分明不追究車輛的方向。是加班車嗎？大堆人頭已擠搭上班車次離去，或者因爲路線冷僻？座上空到讓人吃驚，彷彿異數。

天末步到最後，中硯隨之，兩人神似一對伴侶，因爲這城市的溫度無常，又祇像任何同車乘客。天末仍凝視前方，眼光彷彿望穿前護玻璃，面無血色，不得知在想什麼？

「去那裡？」中硯問。

司機邊衝過黃燈邊朝著前空玻璃喊道：「剛才上車的請投票。」是在對後座乘客講。

中硯即刻想到他根本空著兩手出來的，天末一言不發越過他走到投幣處置下零錢，每一幣質銅板發出不同的聲響，中硯發現錢箱是透明的，祇一個入口，分量不同的錢幣，有各種不同的效果、個性。像許多事的發生。

天末筆直地重新落座，不受顛簸影響，望似輕盈，又有其他，中硯張嘴想說什麼，天末攔截道：「讓我安靜一下好嗎？」

在國外，她最大的運動和活動是走路，搭乘巴士則兼有喜愛之心情，唐閎面前她一直對這喜愛有所保留，唐閎體會不到那內容。

經常在走累了心情之後，正逢上巴士時間，無論開往那裡，方向完全不重要，也有長途的，她總是到鄰鎮便下車，有時候當地逛逛，大半原車再回程，到了外國其實任何地方差不多，不能更親切。而且那樣也就夠了，去那麼遠做什麼？這點她不太能認同之白。那已經是在金錢上、心境上她最大的消費了。後來有一次無意的發生，她才改變這想法。

她那次漫遊遠了點，沒有回程車次，她先是有些擔心，無法預測唐閎聽到這事時的反應，四處打電話找她都說不在，而且外國話一個音階一個音階的平整、公事味兒，使她不願意再多問，能找到唐閎的時間既無定，又肯定他即使來接亦不是轉眼，她反而靜下心來四下觀察，她發現其實外國小鎮大半規劃簡單而氣氛冷清，在心境上很難揮霍得起來，也沒有那必要。倒是從沒有在一個完全人、地不識處住宿過，似乎蠻好，無須揮霍便有諸種心情。

終於聯絡上唐閎，他問她在那裡——

「在汽車旅館前。」她說得雖小聲，確定他聽得清楚，線中傳達出微妙的遲疑。

「我們晚上住在這裡玩玩好不好？」她問唐閎。

唐閎沒有直接回答，卻說：「妳先去找點東西吃。」

「你確定知道旅館位置？」

「嗯。」

是因爲意外吧？她揣著不可言諭的興奮打量起汽車旅館，想到晚上要住在這兒。也許因爲她的膚色，櫃台上的人告訴她：「以前也有兩個黃種人來住過。」她毫不覺察在國外黃種人少，所以櫃台記憶深刻，完全拿當一般旅館看。誰都有可能住旅館啊。櫃台兼賣咖啡。歸復平靜後，望著巴士來時路，及一個完全沒見過的鎮景，思考才突然空下並且正常起來。

「那兩個東方人會是誰？如果是之白，那應該跑得愈遠愈好，至少是一種形式的尊重。」

可能是之白嗎？

唐闋抵達時。櫃台看唐闋的眼神並無兩樣，反正是一個外國人。他們看東方人幾乎相同。

唐闋意外話多起來，彷彿很興奮，又像要分散她注意力，竟沒有抱怨他明天一大早有課。

她眞有一份新婚蜜月的心情，尤其夜半猛然清醒，唐闋不是在書房裡而是在床上，她身邊。

而且，唐闋根本清醒著在發呆卻仍躺著！他從不戀床的。而且少有心事。

她平躺挽著唐閎，不是一個完全寂靜的空間，沒有像台北偶爾掠過的車聲，彷彿更寂寞。他們在台北的旅館內，她經常在斷續的車聲中驚醒，心情複雜。他那時倒每次睡得很好。

他突然側過身子伸手抱緊她，而且祇是緊緊抱著，她莫名覺得他不像個丈夫，倒像情人。那種擁在懷裡的方式。

在台北時，每次夢中驚醒，唐閎即使熟睡，亦暗中知道似會潛意識摟緊她，嘴裡啄啄有聲，不明所以，而且很快撥到更熟睡的頻率，但是他說過話了，交談過了，教人心安，很快她會隨同進入夢境，毫無不平。

倒著走的店家、樹木、路旁駐足顧盼的面孔，彷彿更遠的夢境正在倒走，是熟透的。

是唐閎和之白住過那兒嗎？然後她和唐閎再去住？他抱著她想什麼？那麼安靜！她那刻倒眞感激他所給的安靜！

是一種狀況的重複嗎？

他們在凌晨中無法再睡，太安靜癡顯出時間的漫長、毫無用處，擁抱則愈教人質疑。

他們在絕早中離開小鎭，天末忍不住側坐回頭。小鎭原本不識，刻在淸曉朦朧中，倒有份彷彿心境，像偶爾黃昏陷入記憶中的畫面，是國內也可以是國外。

他們漸行漸遠，一如留下歲中當時心情，皆不可尋。小鎮會再有機會重逢嗎？一個失落的夢境，即使有心，恐再難銜接。

「妳還眞驀然回首呢！」唐閎落眼前方，語味是調侃的，表情卻十分正經。

「這地方我好像來過。」

「妳現在不是正要離開。」

「你來過沒有？」天末轉過頭，看到唐閎的側面。

唐閎方向盤一打，從公路下了交流道，路標上有字，天末來不及看清楚。

「豬啊！走錯路了。」唐閎自言自語，十分懊惱。

她坐正椅上，望著前方，確定唐閎到過這小鎮，他到這小鎮做什麼？經過還是專走一趟？爲什麼不學之白走遠一點？她對他那段生活一無所知。唐閎更不會追加記憶。

「天末！」

她低垂不語，謁拜似交握雙手，不欲招惹什麼。記憶或人，安靜爲好。

中硯目睹，一顆心迅速下沈，他很難置信自己的反應。恐怕在人生際遇中，尤其是情感，大不如自己想像、認定。

然而和別人比起來，他們之間的遭遇又算什麼呢？

車到終站，因是環線行駛，於是他們又坐原車回頭。中硯不再多話不行動。天末必須再投現，這樣的代價畢竟微不足道。卻是他很難面對、接受的。和天末糾結以來，似乎他一直居處下風，完全因爲他無法測度她所在的位置。感情一事，不能避免比較、結算，原本打定主意冷淡下去，不料硬碰硬時，他仍輸了陣仗。

應該輸人不輸陣嗎？

他搖搖頭，隨天末投現時，擦越她身後跨下了車。不知道是誰發明一人服務車這制度，總之現在大家上下車祇能由一個車，毫無上、下車的規矩。

幸而台北地熟，不致迷路，尤其許多不到巷弄中穿越，那感覺眞像尋訪。雖然有些不堪及不願。

他一步一步慢慢踱去，沒有目的，方向卻無意中是往公司走靠。任何事冥冥之中不失脈絡。

他很難了解天末這幾年遭遇感受，爲什麼她不能像平常人？爲什麼他們的感情不能過去就算？

他突然覺得忿心不平，厭惡要一直謹愼這份沒有結束時候的感情。

中硯重力捶打經過的牆面，愼而再補上一腳。牆頭外觀老舊，是時間、人力無力改變！又有那面牆需要改變？

都是人自己吧。

他按不住再加一拳一腳。

天冷，他卻走得滿頭大汗，浹背盡溼，仍無意放慢腳步。不是散步了，他知道。台北眞是個說大不大、說小不小的城市。

大的是每一次經過都不能肯定確實地名，小的是又有些眼熟，尤其辦公大樓四周。

辦公室已過下班時間，偌大空間內，因留下少數職員分外襯出清冷。

中硯走到桌旁，外套如往常習慣披掛在椅背，並不是個眞正舒適的辦公環境，但是又鮮少有人願意待在家中，人世的永遠抱怨週期性於是積存了下來。他抓起電話，不假思索，撥了號碼，也許，慕文還沒下班，她是偶爾會因聊天忘了下班那型，這情況男人更嚴重。常使清冷的辦公空間更形「世態炎涼」。

「慕文？」他掏出白花油抹在耳後、兩穴。自己先聞到了熟悉的味道。像「安全感」這類字眼的味道。

「哦，她走了。」

他放下電話。因爲人少，空氣清新，白花油的味道加速擴張，猛一呼吸便進入心窩，影響所及，彷彿整個空間都注滿了。奇怪慕文在他有事需要商量時反而不留在辦公室聊天了。

慕文現在一定仍在路上，斷定是找不到。他找她做什麼？通常這時候會打電話泰半告訴她不回家吃晚飯。

也許因爲白花油的清涼，他突然覺得冷，愈發不甘願繼續原地踏步。冷熱摻和，男人在這世界到底扮演怎麼樣一個角色？

他抓起外套，迅速離開座旁，公事包甩在桌上，裡面不過就是些公事而已。兩手徒負的滋味至少是輕鬆。祇要外套裡有錢。他眞不想再安步當車。

衝出大樓，騎樓風特別強，他看過穿蓬裙女子掩遮不及的場面，實則都如世事難堪面，無甚可觀。各人心態而已。

冬天常降黑得人措手不及，奇怪他在人群中反而不冷不熱。感覺遲鈍。尤其面對迎向而來的大堆人群，浮雕成爲一張張臉，祇剩下一種抽樣人生——愁苦。看多了，會懷疑自己是否一如他們，如果是，那般痛苦下去做什麼？

他步出騎樓，墊底於心走到人行道旁，電話亭投下一塊錢，那頭一逕是空響，他掛斷後不甘心又重撥，專心無外騖看著電話線。

「喂！張慕文。」

咯啦一聲，彷彿豁然開朗，那頭突然有了反應。錢幣不知道掉往何處，卻有了下文。

「怎麼是妳！」中硯反而有點吃驚。

「你要打給別人打錯啦？我才剛進門。」慕文仍在喘氣，聲音卻十分理智。

「沒有。以爲妳不在。」

「剛響的那電話也是你打的？」

「嗯。」

慕文在等他下文，兩頭頓時安靜下來，他才說：「出來吃晚飯好不好？」

「嗯——」

慕文立即感應到中硯心緒不對，中硯一向行事皆有軌道，分寸總不失偏過分。

「好。我先去把娃娃安排好，你在那兒等我？」

「走遠一點好了，我們去外雙溪吃魚。」

「好。」慕文爲了省事，近幾年的原則是祇要中硯提得出來的事，她皆附和。中硯則於放下話筒後，久久不能自已。最家常的問答，經常能平定人心。這一次，其實不是惟一一次。卻激動難下。覺得自己要求頗多。

「走遠一點？」爲什麼他會這麼反應？如此厭惡的接踵？是如天末遠走？怕在錯肩中發生磁場效果嗎？

抑或是一種心境的反應？省思？而他，根本放不下人與人之間的記憶，像和天末間，所以極欲逃避。

推開電話站的門，衝浪而來的喧雜、霓虹，彷佛問題不過曾經被隔離，四面八方的擁擠，亮、暗，每一段人、景似乎都變了形，他一一觀望，恍然驚起，這幾年，強行導引自己思想、習慣，實則皆來自我暗示？全部白費了。要想辦法活得更好，是勉強不來的。

總以爲現實殘忍，對天末而言，最殘忍的是人還是事？

他想到她一個人在家、在黑暗、沈寂中獨望，在街上坐公車、行走、謀職。最簡單的事，每個人都要經歷或遭遇，如是天末——他心不禁又是一沈。彷彿在人與人的溝通、傳達中，一塊錢銅板沈沈滑落，不知掉往何方，有時候是落下去了，卻是被吃掉了，沒有回應，掉在一個完全密封、黑暗、無以名具的地方。

人眞像一塊錢銅板。

掂捻手上剩有的一塊錢，握熱了，溫度卻傳送不到心中。還打電話給誰？祇打一個電話怎麼拿兩塊銅板？

台北的夜，似乎比白天更熱鬧，而且有形狀，有一種都市的冷、熱，明、暗凝聚出來的成色，組織元素構造類似，便是一個類型化的大都會，有何特質呢？恐怕一如當代愛情，不具備任何個性。

以前的環境和心情呢？

中硯用力一甩手，輕薄的銅板跌入人間似，毫無聲息，倒是那姿態十分嚇人。不是第一次覺得累，才發現腳步沉重，的確，今天路走不算短。

他暗自苦笑。何苦也勞慕文奔波？要她出來無非害怕自己去尋天末，此時此刻，他唯一能喚得動的祇慕文了。

坐在路旁消防栓上，紅色的消防栓在黑夜中失了顏色。多像低調人生中的熱情。

遠遠，他一眼望到慕文走來，那麼突出，不免一驚！他坐在原地，看著顯明在群相中的慕文，身心陡地疏軟，動彈不得。他極切想見天未。

年輕的時候吧？總覺得氣氛可以下酒，甚至經營人生。不過五、六年前的年輕時。

慕文意趣閒散，觀望座旁流水，因爲靠山，所以有澗，不遠山上，石頭鑲了燈管，宛若爲流水照出一條路。流水問路聲壓抑不下。而像一切問題，是嘩啦嘩啦，無反顧餘地。

她絕少喜歡過度氣氛性事物，中硯對此亦不偏好。她曾經想過娃娃將來應該是個實際的人，對人生沒有大幻想，會沈沈穩穩過日子。運氣好的話嫁一個生活上略備缺點，個性同樣實際的人，像中硯。這輩子便可大致論定。她一直懼怕自我期許過高、對生活不肯妥協的人，像——像很多人活活將自己推落一種進退不得的膠著狀況。

水面偶有天光軟性地浮掠，意外竟十分刺眼，慕文轉頭注視中硯，剛才初見中硯時他那份無助感現在消失了，取而代之的，是更茫然，像小孩失去了玩的心情。她拍拍中硯的手：「怎麼喪家之犬一樣？」

中硯抬頭不期乍然看到等在桌邊點菜的服務生，一個陌生人，直覺神經猛被戳刺到，他不知道自己對陌生人如此敏感。對熟人不也一樣？

「炒個青菜，煮條魚。」他徵詢慕文。這些事慕文向不出頭，她怕麻煩。慕文笑笑，不置可否。

「請順手帶杯子和酒過來？」他叫住服務生。然後轉頭向水閣，不太願意面對找酒喝的心態。幾乎用手就可摸到空的胃，分明餓得厲害，整個五臟六腑空成一幢封條的房舍。別有故事，全部門窗深鎖，有被砸壞了的玻璃。

「我今天碰到天末。」他仍望著水流。

明知道慕文不會那麼快反應，他仍期待她會說些什麼?他才好引話下去。慕文的沉默，通常影響教人同樣安穩下來，不致覺得失去耐煩。

「她在找事，我從來沒想過她會遭遇這些。」

「恨不恨唐閎？」

其實是聽慣了的名字，但是由慕文口中發聲，不由頓覺陌生，明明「唐閎」是他及天末一夥的。

他搖頭：「是有一點生氣，好像我們大家都對不起她，當然不是欺負她——」

他說不下去，愈說眞相似乎愈明，雖然現實生活中每個人都有權利過自己的生活，他們也各自有了自己的生活，心情卻無法一時完全丟棄。

「是不理她？」

他點頭：「慕文，我上次起就打定主意不管她。」

「我看得出來。」

中硯怦然一驚心，怎麼這世界上的女子有同等通徹，卻又不求勝？

「在一起生活那麼久了，基本感應還有，你不說，光是行爲也連得起來你的心思！而且，這並不是什麼大事，我沒有必要表明心態！你可以決定一切。」

「爲什麼都是男人下決定呢？」中硯並非質詢。

「能下決定反而簡單。祇要不是奢望兩面顧到，猶豫的時候是最慘的！」慕文也沒有答案。

「我不是要跟妳談判。」

慕文微笑直視中硯，她眞不懂他何以瞬間亂了方寸，也許懂，這心象她極少發生，不想去揣摩。她，何至需要談判？

「我知道妳不屑於談判，我們談一談好不好？」

慕文仍微笑點頭，同時覺得餓極，爲什麼不拿菜下酒？要以話下酒。恆河沙數，所說是那一句話中的心境？

她舉起杯：「喝一口再說。」

「這是水！」中硯連變數之心都失了。

「沒人說他不是水，你硬要說明他是水又有點誇張了。」慕文聽到水潤潺潺，望著水杯，滿面浮笑。

「你最近還好嗎？」慕文問道。

「原來就有點隱隱不安，遇見天末整個被引發出來了。慕文，妳以前有沒有談過戀愛？而且蠻在意那個人？」

「我想想看！」慕文顯然在逗他。隨即一正臉色，十足平穩起來：「我真的不太記得了，應該是有，有也蠻好，人會比較練達，我不是說濫愛，是說會懂得原諒別人。盡量少傷害自己。可是男人的感情我不太懂。」

「妳沒有再碰到過以前的男朋友？」

「有，祇是那種情緒已經抽離了，剩下來的都是些平常感受。偶爾會突然想起就是。」

「妳怎麼辦？」

慕文仰頭一笑，雙眼望天吧？眼光閃爍清亮：「不去擴大就行了。」

中硯一震，頹然無力：「我不如妳。」

「不是不如我，是你在乎。」

他不是一向很正常嗎？正常太久了，發現無非緣由自我要求，禁不住刺撥。慕文旁觀淸明，她有沒有應變的打算呢？中硯不敢坦然正視，人可以口是心非，眼睛很難瞞騙人。

人與人的交往，尤其你準備和那人共組家庭，感情的成分很容易掂揣得出，就看原本心態。當然有大多數人渴望熱愛、占有對方一生；不是沒有少數人希求止於無欲，譬如她自己。這是時髦的愛嗎？不如說是另一種形勢的相安，她很難想像和另一個人相愛終生仍能保持熱度，就算熱度不褪，豈不會因熱點太高膩化掉？

她在和中硯結識之初便了然中硯的個性和限量，多年來，她對中硯的要求一直在限量內，多了或少了，就不致失望而惹家庭紛亂。當然他們都還年輕，更因此要省著過，對感情一事而言，她並不打算付出心力太多，那會使生活不平衡，生活才是最重要的不是？

所以，就算中硯說出更敎情何以堪的話，她都不會驚斷，事情可以慢慢商量。除非她做了決定。那時任何狀況都失去了意義。

這層關係說起來很殘忍，卻最實際。

她今天可以和中硯對坐一起，聽他講另一個女人而不以爲惱怒，完全因爲這層心思。她可以聽中硯說說話，幫他了解處境，甚至——可以幫他下決定。任何發生在目前社會都不値得亂錯腳步。

「中硯，你覺得愛情在夫妻關係中很重要嗎？」

他搖搖頭。他認為「喜歡」比「愛」重要。一種喜歡之心常是喜悅而且生動，愛則容易招致得失，而且消沉。他現下愈體會到了，想喝醉把自己打入消沉谷底。

他猜測，慕文清楚這點。慕文太少過問他感情上種種，也許私下將知道的片段串連起來，而這些片段並不是她的武器，她是單獨抽離自我和他相處的。

多少年來，他們彼此對婚姻的要求就這麼多了，居然像朋友關係愈見清明。他喜歡她的處世態度、個性，這其中少了點纏綿的吸引力，構不成情緒上的大起落。但是，無可諱言，他愈來愈喜歡她。對天末則完全相反。

「你很在乎天末嗎？」

他搖搖頭，不禁掩面，如果天末知道他們如此談論她，會怎麼想？

他放下手，看著慕文，實在無法輕鬆坦然，慕文又該怎麼想呢？

完全因為他一個人。

「我不太能分辨自己的情緒，衹是覺得很沮喪，有些懊惱，原本她是先存在的，現在又變成了闖入者似的，毫無章法。」

「你的確很在乎她，中硯，我蠻感動你最近的克制力，你處理這件事對我的傷害減到最低，但是我並不感激你，因為我不認識天末，不需要和她對峙，除非你覺得我有必要把我和她的關係、立場了解清楚！」

慕文沒有把事情擴大，推到最壞的猜測，也不做最絕決的打算，是他要感激。

「沒有，妳什麼也不要做。」

其實很空敞的場所，由於愈來愈多人進餐，流連不去，喧雜四起，輾轉相連，這場合，祇喝酒適合，其他，皆太費力。

終於酒、菜都上齊全，中硯舉杯：「慕文我敬妳！」

「杯酒釋兵權噢！」慕文笑解。

中硯無奈祇笑對一句：「那也就好了。」

「這事我一點幫不上忙，酒倒可以陪著喝兩杯，你放心，你沒有動靜，我絕對不鬧。」

如果慕文有了動靜，則一切挽救不回。所以他非得好好處理！

「我有個怪想法，我常覺得一個女人如果太明理，注定遭遇吃力，無理取鬧的人，反而經年活得比大家都理直氣壯。」

「不會的！」中硯衷心保證。

慕文淡然一笑：「不管他，這又不是辯得出來結果的眞理！辯明白了也沒什麼。」

從頭到尾，中硯沒要求慕文和天末見面，慕文亦不做此打算，各人有各人的路數，不必全部揉合一線。分不清你、我。

「也許天末不該再走老路，發展一段新的戀情不是不可能，對她或許還比較有幫助。」慕文並不避嫌。中硯喜歡她的就是這份明智。

中硯想說：「我都自顧不暇了。」又覺對自己妻子如此對答未免無聊，然而要天末另起感情，同樣無聊。

他和慕文的孩子無形中逐漸成長，可以發現時間的過程；他們在這裡討論人際種種，喝著酒，不知盡處的溪水愈流愈長，有時間的流逝。如此交叉、暗藏，是事實，都無法光明正大站起來否認。人生，到底拿來做什麼用？

「乾杯。」慕文十分豪氣。

慕文如果不做「太太」，她會做什麼樣人？不可能隨著丈夫而改變，最有可能仍如目前，祇是稱謂冠名——職業女性。基調仍固定在——通達明快。是個有爲有守的單身女郎。

但是她現在陪他坐在這兒喝酒，身分上是他的妻，而他，無有忌諱和她商量感情上的波動。很可恥嗎？

「慕文——我很抱歉？」

「沒關係，你不瞞我，表示你還有一點眞性情，現代妻子的責任，應該包含爲先生解決心理障礙。否則大概很難過下去。」她稍爲停頓：「你要不要找天末？」

他搖頭：「不想去——」

「可是也許會去。」慕文幫他接下。

他無奈，笑了：「天末年輕時候好可愛，人很平和，很執著，現在都變成缺點了。」

「人長大了，如果習慣不跟著提升，肯定會有差錯。」

「妳呢？」

「我以前不喝酒，也不能容忍仰人鼻息，不喜家庭生活。」慕文托住酒杯，竟有五分佻撻，平添幾許英氣：「可是該跟誰去算？」她斜側著臉蛋，酒杯亦歪傾，畫面反而因此平衡。

「所以妳就長大了，沒有記憶？甚至不記得以前的男朋友？」

慕文有點意外，考量中硯無非因喝悶酒，用這種方式發氣，便玩笑地：「這當然有差別，是天末離你而去，你隨時覺得這段情分沒有完成。我的戀愛全部完成了！」這話雖然有些刻薄，因爲慕文率直，也祇是中性的實話而已。

「而且是妳主動離他們而去！」中硯不免被刺到。

「這又不丟人，每個人的選擇和個性造成而已，祇能歸爲個性上的偏差，不是人格上的缺失。」

「我到今天才發現妳蠻會傷人。」中硯幾乎是自言自語，看著桌面。

慕文相信他話中祇有一半是針對她，他的酒量在情緒、時間、地點下大有變化，卻沒料及這麼快就醉了。她靜緘其口，對一個速醉的人，最好什麼都不要做。

「回家好不好？」

中硯點頭，那般肯定，帶份誠信的稚氣，不知怎麼，教她心一酸。

在感情事端上，她早已放棄爭奪。一席之地，並不在她的計算內。縱使現代社會寸土寸金。

中硯並不移身，沈沈坐住，一瞬不轉看定她，似乎要說明什麼，有心無力。所幸桌上菜色不多，顯現的冷落不多，貪心有限，失落也就不那麼巨大。連荒涼要占一席之地，在如今亦不是那麼簡單。什麼事都有人跟你爭。

她由中硯兀自坐著。

四周仍吵，喧嘩之聲愈點愈熾；水聲潺弱，愈流愈弱，終於什麼都聽不見。中硯表情確是如此。

眞無法料及一個男人在情事上會徬徨失措如此。人生，眞彷彿台上與觀戲。

暗天中的浮雲，有股詭異的蛻變，由餐廳出來，恰若鬧中抽身，不變的是當頭詭譎的雲。他們從公車牌經過，慕文問道：「要不要搭公車？」

中硯聞話色變，有相當明顯的過程。他搖頭，伸手叫車：「台北多的是車！」一頭鑽進後座，知道慕文會跟住，這時候，慕文絕不獨自丟下他。

他握緊慕文手，不知覺連串叫喚：「慕文！慕文！」慕文凝望車外快速的浮雲，那眞像天的心，一片一片游離。

他們在家門口下了車，中硯站了會兒，慕文且不說話，抬頭看到他們家中透出的光，她出門時刻意扭亮的，一則防賊，二則她一直不喜歡面對黑暗摸索著進屋。一個家應該有相當的明度，是固定的地方。

中硯回頭說：「我隨意走走？」

她點點頭，知道中硯即令醉中身體的危險應該安全。心理，就不是可以強制的了。中硯是過門不入嗎？現代洪水氾濫何處？何以治之？

她很少在人群中目睹中硯離去的背影，更別說這樣闃靜人稀的巷子。慕文上了樓，決定打個電話讓娃娃今夜暫時住在保母家。這似乎是個適合獨自的夜。

聽見鑰匙在鎖孔內轉動的感覺，把門關在背後那一刹那，通室明亮，她終於流下淚來。

是舞台上，燈光全亮，她理智地，一個人站在中央。

正常表演下去，無所謂對手、場地，很少有角色能刺激她的潛在，或降低她的水準。一切在控制之中。有她自己的台詞、台步。角色塑造。

她多恨自己這樣的不會不正常。

今晚中硯會回來嗎？她其實不在意，她了解他不夠格做什麼壞事。如果做了，挽救不回。

明天，她仍如既往，走出家門去上班，那一個人不是自己去上班？不是一個人在辦公室？

她轉回身子，重新把門閂緊，留下一盞燈，中硯如果回來，很容易找到回卧室的路。

說起來，她這樣的年齡才面臨外遇問題算是項運氣了。可笑不純粹是外遇。第一次，她正式以切片眼光檢視自己對這事的情結，以前當然有過，都是些理智的告訴，自以爲的反應，和中硯談論當時她仍如此。

是事先和進行中吧？以致存著想像性。

「都不是事後。」慕文不由搖頭，嘴角亦不自覺一抹苦笑。

離開大廳那扇門，她肉走般洗臉、洗澡、抹上冷霜，全然公式化。抖開睡衣，漫出一股肥皀味，那般平凡、正常的氣息，像他們的婚姻。

其實她清楚他們並非那麼理性，否則不該相信這份不熱情的開始會平平常常生活下去。她原則上經常暗示自己——我對他要求也不高。智識彷彿可以解決一切。

所以，中硯目前發展並沒有錯，是他們一起把這事推向前。

她祇是沒料及自己這麼難過。而且，眞盼望他回家來。

她不禁又是一絲苦笑。這未免有點談戀愛的意味了。

他從來沒有說過：「嫁給我吧，慕文。」理所當然兩人走得近些時，淸楚的意圖，明確的意識，雙方心態都刻意不迴避表現出來，也勾畫了未來可能相處情況。他們自自然然十分簡單辦了公證，將婚姻手續化繁爲簡，舉凡關係到終身大事的邊緣小事全部不攪在一起辦，譬如他們的感情和婚姻。所以結婚典禮都並沒受大洋罪，遑論戀愛期和家庭生活。舊式婚嫁舉行時，當男方爲妻子套戒指那刻，女方照例推拉一番，象徵爾後不致被對方所困苦，且分外珍惜。想他們成就容易，少了過程，少了份味道，現在滋味全上來了。

慕文放平床上，眼睛直視燈亮，瞳孔沒有特別的生理變化。壁燈是中硯挑選的，立體半圓形狀簡明無大作爲企圖，光照清亮，中硯堅持燈要亮。臥室這麼亮的燈做何用？她覺得並無傷大原則，睡覺時間開小燈便是。她實則向少在小事上干預，不似一般夫妻口角皆由小事起。

曾經有一次她獨自出門回家晚了，突地想到房裡的燈，他們家的確比別家來得亮，並且那亮度是她熟悉的，下車後遠遠看到、逐漸走近，感受不一，更凸顯中硯對這個家溫暖的用心。她想，她是明白了，家是兩個人的不是。

「我今天從外面看到我們屋裡好亮，突然想到以前過單身生活時的情形呢！」她第一次以露骨的方式表示對中硯提她出單身行列的感激，並不期待他會做何反應。

「我在家裡啊。」中硯答非所問。她的發話那裡有答案。

她單身時，冬天總覺得冷，每在寒流襲擊便整夜冰凍著一雙腳，像對寒流妥協的失了對策。她心底倒一貫清醒，夜晚因此變得分外長。

中硯則周身溫熱，尤其溫度適中，她因此格外體會到溫情的好，是中硯活絡了她部分生命，彷彿造物者對他們婚姻溫暖的用心。

慕文漸漸平靜，也許平靜最難卻最容易簡化事情，而且是她一向個性。她愈益明白中硯這些年來所給予的安全、正常的陪伴及家庭生活，值得感激一輩子，因為別人很難做到。

接受光度照射再置身檢視，是那樣裡外皆俱溫度！彷彿伏身向水。忍不住嗆咳而有回聲。

她起身按滅燈亮，室內即刻進入一片沉黑，反而外面有光，可以透望，因為聽不見喧雜，有份生的喜悅。她聽見的是自身的心跳。不知道幾點了，中硯會回來嗎？

如果不回來了，他會在那裡？

台北那麼多人，可以肯定百萬分之九十九萬九千九百九十九跟她沒有關係！很難找到一個人，他在妳面前橫過妳想叫住他卻堅持不叫住，到底是何種心態？疏遠還是生離？天末撇過頭去繼續看安全島上的樹及落葉，現在很難看到街上建築物全貌，幾乎被招牌、裝潢本身偏差掉，覺得是一塊塊模擬屋擺飾，失去了眞實感，連同那行人、車輛。祇有落葉是眞實的，有歷史的感覺。有了落葉，樹則生動。

看到路旁有一個人長得頗像中硯，天末細細盼顧，或者中硯原本是那樣路旁隨便一個人，自己以爲早就認淸。

他下車後，並不回頭，似乎要一直那樣走下去，再看不見他的臉。恐怕將來記得的，是那個頗像他的路人。也許不會，在這樣一個黃昏，人的心境總難有標準，低落居大半。

她剛剛回台北時的心境復湧上停駐，更難揮淸。愈益消沉。

剛回來時，她並不眞渴望靠攏中硯，偶爾記掛起以往情誼，泰半因爲戀眷過去歲月，痛心和唐閎交織的片段。

眞正和唐閎生活過，孰是孰非，畢竟唐閎也付出了時間，她所受的打擊，尙不致成爲屈侮，他們不是都心甘情願？即使結束並不圓滿。

她尙且不願意成爲唐閎的負擔，有得有失而已。

怎麼成爲了中硯的負擔？讓人好難堪。

正値台北深冬，卻並不妨礙猶有落葉，是大地的負擔嗎？她從頭冷到底。一個人彷佛那裡都可以去，可以生存，就是不能回家！那是屬於設計完全、整體的地方，不是她這樣一個人。

她陡然了解爲什麼之白回來住旅館而不住家裡，這城市有太多令人眼熟而不想馱負的空間，空間中什麼都可能存在——友情、工作、金錢。而之白即使回來了，也不願在其中攪和，何必沾惹這麼短暫的情緒。

不知道之白住那間飯店？

無論如何，今天晚上她絕對回不了家，即使那麼冷。

一個完全陌生的地方，總比一個熟悉又感慨地方令人來得平衡吧？

驀然經過一間頗聞名的飯店，二樓是落地窗大間咖啡座，淸冷雅致，如果坐在其中，兩相彷似。

她在前面站牌下車，毫不猶豫認目標似往回走。是一間新開幕飯店，一切的新氣息，外面望進去底樓寬敞、乾淨，竟無生氣。

這種飯店她不是陌生，簡直無知覺，以前沒有住過。現在？有相當的痛恨。想想不必遷怒，那是物體不是人。沒有人的因素便可。

飯店旁照例有攤子，各有生存的模式，過堂風掃過小攤子，陰威壓境，倒形成小攤子的味道，大飯店辦不到。

天末小攤子前坐定，無論餓不餓，即刻勾起一份對生命的熱烈擁抱似的落實，這滋味她有過，仍然存在，卻似乎停滯不增不減了，前進困頓，生息難再亢奮。

「吃什麼？」老闆問。

「切盤海帶、雞脖子，來碗餛飩湯。」

老闆頭都不抬：「夠了？」

「有沒有保力達加米酒零賣？」

老闆仍然不抬頭、聽慣似地：「有！」想是見慣不少人、人生。

海帶她一直酷愛，喜歡那股咀嚼嘴裡海的味道，軟又咬得出紋路，滷藝好，則嚼頭、韌性兼具，變成記憶了。心裡翻騰。

保力達加米酒則是和唐閎一干朋友在寒冬圍坐時學會喝的，酒性微甜、溫黏、價廉，他們身體狀況、經濟範圍皆能負擔，那年紀，從未醉過，心中無事吧？

天下旅館大概原先都爲了方便旅人，後來各自發展出味道，說起來，小旅館給人感覺更像家。氣氛是其一，價錢另一，沒有人住家裡要花那麼高昂價錢。小攤子的附加存在加濃了氣氛。小鄉鎮中的旅店呢？

唐閎離開小鎮逕駛回家門口，放她下車後直赴學校，天氣好得出奇，她竟衍生出遊罷賦歸的幻覺，暫時忘卻唐閎是否去過小鎮的念頭！唐閎當然去過，跟誰？

隱隱中從他們家裡傳出電話鈴響，在門外她不免暗驚，是誰一大早打電話來？她進屋才跑到半途，鈴聲斷了，她意識到鈴聲會再響起；也許是之白，不知酒醉何地往四處亂打電話！也可能不是，有些消息是無須分界時間的。台北現在幾點？

她急急開門，鈴聲既斷，天末在門口站了會兒，室內寂靜無聲，另一個幻覺取而代之。那一個才是眞正的幻覺？

室內寂凊，冷空氣滯停循環，比之外面溫度低，這個家完全不像台北的家，常年跳著一股物的意味，而非個人的氣質。沒有風格嗎？

她靠在門柱上，與內外空間皆一隔，默立寂靜中她愈來愈能享受這種樂趣，雖然當初這並非她所要！她要什麼呢？一如這內外祇一隔嗎？內也不是，外也不是。內外交迫。

電話鈴半天沒有再響，她確定是台灣打來的，如果是之白，那裡輕易會放棄。在這一刻，她但願自己錯了，感應力不是那麼強。

外面大道上慣常是一少路人二少叫賣。

面窗坐下，什麼也不做，雙手支著臉頰，透過落地窗看外面。這習慣，到美國來之後才養成的，以前，她根本坐不住。

她母親曾經像任何一個母親一樣說她是尖屁股，她要眞待兩天足不出戶，遭到的質詢更多，甚至會以懷疑的口吻：「妳小說又看多啦？」

她母親那一代的豁達是她學不會的！她索性站起身踱到落地窗邊探望外面的冷淸。當然學不會，她沒有那個時代的環境，才知道是「學」不來的，祇能遭受後，由內心激發出一種潛能。

有一扇落地窗橫住，再過去，就要出界了！如果落地窗是人生界線。國內外，大約也是她的生命界線吧？

重新落坐椅內，寂然的空氣使人昏昏沈重，從腳底涼起，是一種冷空氣的催眠。她不自覺將腳收起整個人縮成一團靠著椅背，讓睡意從腦內擴張。

應該是在睡夢中吧？有電話鈴響，夢中的聲效教她現實生活中驚醒。她一把抓住電話，半天摒住氣不能發聲。

「天末？」

「那位？」她全身警戒。

「伯伯、伯母病了。」是她堂哥。

她哇地一聲：「人呢？」睡夢中哭過不會有知覺，不想現實中的哭嚎也無有準備。

人呢？死亡竟是那麼沒有過程，一對一對的腦溢血、心臟病結伴黃泉路上。死亡，在現實中可有準備，又何其突然。

她跑到學校找唐闓，忘了電話也可急告，也許是怕透電話了。

研究大樓門口她一眼看到之白的車。是這兩個黃種人嗎？她事後才想起汽車旅館的事。唐闓和之白面對面坐得很近，之白反常臉色泛紅，以前總是青白居多。而且兩人正在講著話。

見到她，之白十分鎮定，似笑非笑的表情一如平常。反是她，陡地冒出——「她不是在那裡醉倒了嗎？」繼而想及不是之白，是她父母。電話傳達是她父母的消息。

「有事？」唐閎問道。

她退到廊外，唐閎跟出，她低住頭，強忍住變調的頻率：「爸媽不行了——」

「誰的爸媽？」唐閎真十分冷靜。

她猛抬頭，還沒轉過來：「我爸媽啊！」

「人呢？」

她再忍不住一長串淚水汩汩滴下，哽咽不成聲。

「別難過！」唐閎輕撫著她的背。輕到讓人懷疑他的眼神放在另個目標。那般不經心。

「我想回去。」她說。他一定了解。

「妳哥哥他們呢？」

「也要回去。」

唐閎並不接話，之白仍在辦公室內，她明識之白一向不喜歡探聽別人的私事，拉唐閎出來講話雖然不禮貌，她卻忘了聯想——之白在唐閎辦公室做什麼？

她仍低泣，盯緊唐閎等答案。

唐閎不經意直覺地往室內一瞥，握住她的手：「回家再說好不好？」

她萬萬沒想到唐閎意思是不讓她回台灣奔喪，理由是什麼呢？更腦中打轉的是之白泛紅的臉頰。

晚上唐閎意外不在書房，早早上了床，她逼問唐閎要不要聯袂回去，唐閎答覆模稜兩可，總之希望她繼續等進一步消息。

她閉上眼睛，淚水應動作而出，唐閎抱緊她，五官砥磨她的面頰，他臉上氣味清爽，誠若一股喜氣。哀喪之氣多半鹹膩。

「別這樣！」她一點情緒也沒。

唐閎不予理會，繼續撫摸彷彿一隻狗尋找熟悉了的氣味。

她背過身子，再忍不住滿心厭惡叫道：「拜託你！」

「妳不問之白今天在我房間做什麼嗎？」

「你少聲東擊西好不好？」

他們才剛從小鎮回來，有兩個黃種人住過的汽車旅館，爲什麼他們才剛回來之白就找來？

然而之白和唐閎能做什麼呢？就算他們做過什麼吧，彼此能討何種便宜？如此伋惶？

是更大的憂傷吧？她全不在乎，而且聽到就忘。祇一逕轉念間——「爸爸媽媽現在痛不痛？」

唐閔又來緊靠她：「你回去是不是要去找中硯？」

她恍若未聞，又想——「人的一生就這樣過去了嗎？」

終於感受到唐閔壓逼得她氣悶時，轉過臉細細打量起唐閔：「你沒有心嗎？」

「天末妳不要回家好不好？」

「爲什麼？」她停住流淚。

「我最近學校事情正到一個關口，需要你在旁邊支持，我好不容易唸了那麼多年，現在有一點成績。」

生命的後半段是他們倆共擁有，她的父母陪她前半輩子已經盡頭。唐閔說法未必不合理。

令她驚異的是唐閔從未提到有關學業事，而她亦少過問，似乎難題都是唐閔的，她祇享受答案。

「我——」

「很多事讓他過去就行了。我們才開始是不是？」

唐閔居然懂得「開始」也是份過程，她更慚愧，和另股大傷悲匯集相衝，早上那份昏沈狀態又往上湧，一波連一波，都讓她無法接受、無法思想。

「我想睡一覺。」她說。

「抱一抱！」唐閎緊緊擁住她。

他到底遭遇什麼？想什麼？她睜眼又覺得累，要不要回去？如果單爲了唐閎該不該回去？

半夜，她在自己的哭泣中驚醒，一味覺得冷，其實一直這滋味，凝望黑的眞空，久久不明白如何有這發生，以爲祇是任何一天，突然憶起似夢中非夢中的父母消息。

唐閎並不在旁邊，他身上那股喜孜氣息連同溫度恍然仍在。她伏身趴床，閉上雙眼，又是一冽淚水，奇怪他可以硬性求歡又頃刻消失。更可確定的是他不在家、不在書房內。

她決定了不回台灣。要看他到底耍弄些什麼招式。其實能回得去嗎？她懷疑唐閎一定會千方百計留下她，今天情形便可看出，他有必要低聲要求她別走嗎？他原可大大方方叫她快趕回家，他留她顯而易見拿她當武器。

一如求歡，用她便用，無論心緒，早少了愛戀因素，輕易可察覺。是一種擁抱的方式，自身可感。溫度不同嗎？他溫度忽上忽下。是之白嗎？她不願去猜臆。

她眞正哭不出來了。

她父母親出殯那天，她搭車離開小鎭，希望有多遠走多遠，家中哥哥體諒要她就地遙祭，一份心意而已，加上她的婚姻，孝思走樣，三岔路上，使人徬徨；白色加黑色加黃色，讓人覺得髒。

那期間唐闋公事如何？私事又如何？她毫無意見。唐闋如果將事情鬧開她便離開。否則，來的目的便是求和唐闋一體。

像大多數人，她欲求圓滿，且扯不下臉。

如果她回家無事，唐闋肯禁聲不多聞問，她便繼續留下。這次算過去了。

第三天她轉回家，小鎮在數夜之間紅遍楓葉，她進鎮時幾乎不敢相認，她想到一夜白頭的伍子胥，她的昭關何在？

完全沒把節氣放在心裡，變天由他去吧！

唐闋來開的門，門其實未鎖，約是聽見動靜急急衝出。明顯地形容消沈。唐闋先是緊抿雙脣默默無言。她低頭要往屋裡走，唐闋讓開動線，她橫過門楣邊，唐闋牽住她手指，她才轉過身兩人面覷咫尺，唐闋重力抱住她，背著唐闋她不自覺流下淚來，彷彿是被他擠迫出來的。她讓淚水默默流下沒有出聲。她連哽咽都不會了。

「對不起！對不起！」唐闋喃喃唸道。

她一逕搖頭，先是小幅度，愈搖愈恨，明明覺得冷，卻周身泛汗，唐闋相對冰冷，以前他總是熱的。

這事就讓他過去吧！兩個發寒體比一個溫度還低，天氣逐漸冷起，擁抱應該是一帖良方，讓彼此冷靜，唐闋這樣的擁抱許久不曾有過了。雖然冷，不妨礙疲倦循環全身，不需要任何方式消除疲倦——沐浴、按摩。天末倒頭和衣而眠，唐闓幫她將床單掖妥，她更拉高蓋住頭，即刻進入另一個世界。唐闓將燈熄滅後，天末隱約感覺他在黑暗、床頭站立良久。他的識趣，牽引天末急速沈沈睡去。

而且一覺無夢。

很多事之不再提起，因為彼此都無法忘懷。

不去說他就是。

奇怪這保力達加米酒竟像還魂湯平空勾勒起舊日味道，記憶清楚。連甜度全相同。教人聯想起幸福。給再多時間，不會活得更好，沒機會再活一次。

天末付賬如儀，或者走走也好，眞坐夠久了。雖則一直蠻能坐，是最近吧？發現癡坐時間愈來愈長而渾不覺。

存心尋去，熾熱的霓虹燈，彷佛高興過頭的洋火，變成了爆竹，溫老若家的小旅館遍尋不著。「是台北變了還是我變了？」天末不由深自嘆喟，對自我懷疑更深層，化為無奈了。

實在台北太小，除了自我陶醉，很難在其中得到逸靜之趣。她想到那個最像家的唐家，從沒有在那兒睡過吧？不妨三個都有心情的人共居屋簷下，更晚時候，說不定可去一喝，談談唐闓下酒。

她伸手攔車，有些明明空車，司機冷漠地搖頭拒載，天末亦嘆息搖首。約是今天狗本了正往家門走。

唐宅反倒通火透亮，像極她小時候過年被叫起祭祖送歲情景，天未反倒半昏未醒。通宅火亮，是光明的一年，讓人不忍打破對新臨一年的祈求。

院子裡隨即傳出狗吠。狗向先於人的感應。

「誰啊？」是唐閎的父親。

「爸爸，是我，天末。」

大門一開，清楚傳來客廳內的電視聲，背住光，天末看不清唐家爸爸的臉色。

「爸，還沒睡？」天末因知面光，暗中臉色一振。

「快進來！」

「媽媽睡了？」天末跨進大門，頃而復招一陣狗吠，熱情的狗甚至想趴到她身上。

「她是假寐，不是睡。我們這條狗光會叫，連老鼠都不會抓，是條瘟狗。」

何時養起狗來?天末混身一陣冷熱交織成一片雞皮疙瘩。

唐家爸爸進臥室喊道：「老太婆，天末來了！」

天末站在門口笑瞇瞇地：「媽!妳睡啦？」

「沒有，沒有！」一骨碌下了床，勤快慣的反應，加上意外刺激的興奮。

「怎麼妳一口酒氣？」唐家媽媽站定後，不假思索問道。

「剛才喝了點酒。天冷嘛。」

「一個人？」這次口氣較前保留。

「嗯。」天末低下頭，恍惚地笑道：「媽，我不是喝悶酒，我是愉快地獨飲成三人。」

「咦，我們家也有酒啊。幹麼一個人喝，我去熱菜，陪你爸爸喝兩杯。」

「天末現在大概練成酒壇新秀了，居然能一個人喝，我們上年紀的人要是獨飲，不必半年就再見了。」唐家爸爸按掉電視。有了天末，應該電視節目不算什麼節目。

如果狀況一向是對飲三人，恐怕是份正常的家庭生活，婚姻當不致出大問題。可惜，祇三人，要唐闋何用？如苦不是唐闋，這三人又何來關聯？天末貪心，樽前一杯，因是父母，總要愉樂的喝，酒意雙重，疊成好多好多回憶，眼前唐家父母一根根白髮，都衍生出罪惡感。

「媽媽——」天末忘了笑，一逕叫道，想講什麼偏講不成句，想天下父母皆懂。

「唐闋這畜生！」唐家爸爸筷子一拍。

「你罵到誰啦？」唐家媽媽無甚好氣。

「你養的好兒子！」

「哼！」不甘心一輩子祇化爲一聲，追加一句：「我還能做雙倍牛馬嗎?我姓唐啊?!懶得說你們姓唐的而已。」

「婦人之仁嘛！」

「天末，妳聽到了，如果唐閎對不起妳，千萬別狠心離開他！」

「我沒有——」天末支住頭，覺得好重。

「什麼沒有?!」唐行磊逼上臉面。

「我知道。」天末改說。

「知道就好。」

唐家媽媽端碗熱湯一放：「知道就別獨自喝悶酒。天末，妳從回來那一天我們就明白發生了什麼事，做父母的不想挽回當然不可能，可是妳這樣子也不成個樣子，隨便你們吧，以後妳要看兩個老人還順眼有空就過來陪陪我們。兒子那兒沒有了媳婦，我們也減低了走動的興頭，免得惹煩又無趣。」

天末雙手一軟，整張臉頓失支靠，更重。她別過臉，站起身碰到門柱，明明任何不欲接觸，這個家及唐閎顯然她都不熟悉。

突然四下不知那裡有人叫她：「天末!天末！」

天末走到院子，拉開大門，巷口燈下，是中硯。

他怎麼能找來?或者像上次正好街上巧遇?這回她酒入不少，心海不興醉意，願意散散步，不想如上次一頭栽下。

唐家父母跟出大門，望到中硯便停下了腳步。

「爸，媽，這是我們班上同學沈中硯。」天末空心不到興奮，中硯臉上表情，亦絲毫不驚訝。光剩下人際間的禮貌。不能想像老人家思路會走那條線。

「爸，媽我回去了。」也許兩老不會多想。已經說過最壞的狀況不過離婚。最壞嗎？

「天末，我知道不該找上唐家。」

久久天末一派恍惚且十分冷漠：「那裡不該。中硯，你要迫我到死角嗎？」

「妳要我跪地道歉嗎？」

天末搖頭如鐘擺，似笑非哭，一片清平，雨後天青似。雖是天地常有的變化，仍令人疲憊：「你看到我了，你應該安心了，我也安心。中硯，我想回家，你讓我一個人回去。」

「不必解釋？」

「你能解得通就好，其他沒有什麼。」

連吵架都不願，是學不會吵架？抑或學不會拒絕所以吵不起來？不擅主動攻擊，光防禦，人生必定愈形吃力。

「算我沒來過！」

她能說：「是的？」事實如此。

她照直前走，一出巷口便是通衢大道，不像她的路。身後闃黑，中硯原地佇立良久，那也不像他地盤。讓人心痛。

她返身說道：「中硯，唐閎的父母親通情達理，不會多猜忌讓我困擾。你放心，其他的，我們都不要解釋了，你回去好不好？慕文一定在等你！」

有人等她嗎？

天末回過頭跨入計程車，眞正留下中硯一個人。車內瀰漫台語歌曲，震天價響，足以淹沒一切。

黑黑中反光的屋頂線條，有著生的輪廓。

天末雙手置膝坐在進房間過道，四周完全沈寂下來了，時間過去的腳步因而不明顯，大家都在此處穿鞋走出這屋子。夜渡分外漫長。

在之白還是個單純女孩子的時候，她和這個家生活的節奏相吻合。現在，她很難感受家居的樂趣，她明白自己整個晃動。

之白甫回家便在老家中穿梭，她母親終於忍不住：「小白，妳幹嘛啊？一副寢食難安模樣，妳要把我們轉昏了。」

之白失聲笑道：「媽，我以前是什麼樣子？」

「跟現在不一樣就是，也沒現在一副有個性的味道，妳這是個人意識高漲吧？」之白現在覺到原來自己像母親。

「瞧您講話多野。」之白撒嬌似。

黎太太彈掉菸灰，一口痰吐到垃圾桶內：「我是不用出國學番邦那套就夠野的了，你哪？繳了不少學費也不過如此。」

之白再壓抑不住仰頭狂笑：「應該把郁以淮早點交給您調教。」

黎太太一瞪眼：「妳還去找他?!」

之白收起笑臉：「媽，您知道他沒死？」

「幹嘛不知道?!」

之白噗哧一笑：「原來有親信密告。」

黎太太哼一聲，雙眼銅鈴似：「我還不拿捏清楚妳？用得著密報。」

家的氣氛足以炙熱冷的胸懷，之白一貫的冷漠，回到家中便灌足生氣。奇怪她母親生來是個熱鬧的人，跟她熱鬧的方式大相迥異。因是女子，總透份野風。年輕女子走走老攀赴無路的境地。

「如果郁以淮上門來，我該怎麼辦？」

「妳儘管去報復啊！搞得天翻地覆反正最合妳意。」黎太太無甚好氣。

「我反正在國外被整死了你們也不管！」

「妳回來訴過苦了?」

「怎麼不告訴我?」

「妳活該!告訴妳幹嘛?成天鬼鬧鬼鬧,跑到外國害外國人就算了,以淮人還乖,人家現在挺好的。」黎太太口頭語是——「幹嘛」,頗具「詢問」的聲勢。

「您怎麼知道的?他跟您聯絡過?」

黎太太一撇嘴,十分不屑模樣:「隨便街上碰到的。」

之白爲之氣結:「他到街上買東西孝敬你?你幫他忙。」原來母親早知道她坐立不安是在等待郁以淮。

「小白,妳嘴巴可以刻薄,做人還是厚道點好,我幫襯他?妳差點眞把人家害死。我幫妳?」

「那也犯不著儘向著他啊?讓他做妳兒子算了。」

「我有妳一個還不夠?回來多久了?現在才進家門。」

之白一怔,轉成笑臉,攀住母親雙肩:「老媽,女兒總是一輩子的嘛。」

黎太太一揮手,似在乎不在乎:「好啦,妳回來算我們老人家撿到,妳不回家,也不當妳眞死了。不必用懷柔政策。郁以淮找上門來,妳當心點,耍點脾氣可以,除非妳要重新開始。」

重新開始?

她對自己實在沒大把握，對歷史無甚興趣。

「媽，我想回去了。」她自言自語似。

「捨得啊？」

之白長嘆道：「連妳都罵我。」

「之白，不要再鬧了。」

「我還沒見過他太太呢！」她意思是還沒兩兵交戰，兩袖清風回去，對自我難以交代。

「妳等著吧，人家還怕妳。」

「我傷口復元得快。」之白嘴角一牽。

黎太太搖頭，多年不見之白，消息也少，這是她的女兒嗎？恐怕是。

「妳要再去找他們？」

「不是他們，是他和她。」之白明顯被刺到。

「之白，」黎太太無奈：「妳真無聊！」飽經世故的臉面，比之白的細致多了圓厚。

之白轉身推門，黎太太不欲聞問，反是之白讓步：「老媽，我出去曬曬冬陽。」

「早點回來吃飯。」

「噢，知道了。」

循原路線回到飯店，如果預測準確，彭衣眉會找到飯店。彭衣眉不能了解她退房之舉，就算她搬出飯店，彭衣眉豈能掉以郁以淮必不死心的輕心。

她背向服務台不遠，等待彭衣眉來揭曉她的靈感。她母親說得不錯，的確無聊，而且不是花錢找來的無聊。

周末下午台北四處擠塞人途，之白恍若最佳擺設。服務生仍認得她，之白桌上一杯咖啡，完全台北味道。她側耳動靜，時間是一分一秒過去的嗎？之白留意到天色移步造成的明暗。

「請問黎之白小姐幾號房？」聲音並不大。

之白扭頭，站起身：「彭小姐，我在這兒。」

之白澈底看清楚彭衣眉了，比她夜間所看到的更白皙。彭依眉臉色凝重，塗染上世俗味。那份世俗不是裝扮能掩飾的。

她們在咖啡廳一角面對坐定，之白問道；「郁以淮還沒回家？」

「我以爲他先到妳這兒。」彭衣眉單刀直入。

「你是來捉證據？」

「黎小姐，」彭衣眉直視之白：「我想我的反應很正常，是你們不正常。」

「妳是想保護妳的婚姻？」之白稀鬆平常。

「沒錯。」

「妳找對對象了嗎？」

「我當然不會找自己的先生。而且郁以淮這幾年都還好。」彭衣眉雖聲調維持固定，眼眶驀地泛起潮紅。

「妳態度完全錯了。」

彭衣眉喉間上下起落，就擠不出聲音。之白微微一笑：「我和郁以淮的事完全過去了，要不要開始完全在他，我沒有意思欺負妳，是郁以淮決定一切。」隨話意升起的是隱隱快意。

天末走後，她卻不是這樣做法，然而人與人間會因爲陌生、熟稔而改變做法嗎？

她覺得欠天末情，不欠彭衣眉。就這點差別。

她更進一步殘忍道：「妳和郁以淮的感情好嗎？」

彭衣眉憤而起身；「妳未免太陰狠了！明知道我是來求妳。」

「爲什麼不等到我去找妳呢？」之白面無表情：「妳別激動好嗎？事情都好談。」

衣眉依言坐下，她很難想像如之白這等理直氣壯的侵略。

「我很珍惜郁以淮。」之白擺正臉色說。

此時此刻，彭衣眉眞是無招架之力。完全不知之白後繼，她有的，祇高姿態型的哀求，祇默默。

「妳讓他陪我一段日子，過完年我就回美國。我想使這段乍停的感情正式結束。妳也好眞正放心。」

「可能嗎？」彭衣眉心想。

誰能控制不去幻想自己先生和舊情人重逢後種種？由她口中出借郁以淮？但是黎之白所言未嘗不是最簡潔的保證。

衣眉再度站起，神色哀重，搖搖頭，未置一言便離開了咖啡廳。

沒有人可以攔阻她。她更不自我攔阻。雙手護住嘴脣，牙齒輕輕咬著掌心，望斷彭衣眉背景難以置信。彭衣眉連背影都很似自己。郁以淮後半輩子家庭生活如何？好得了嗎？

彭衣眉後半生會毀在自己手中嗎？彭衣眉在故事裡整體說來眞像她的影子。多麼諷刺。

之白失常笑了。呆坐良久無法動彈。

天色逐漸灰暗，是不是該回家吃飯了？

她走到櫃台付帳，眞可笑，彭衣眉把帳留給她算。計較與不計較間有太多歷史。

如果她所料不差，郁以淮當已循赴約。對感情，她判知發生太有路數了。

之白刻意放慢回家的步伐，讓他去等。

她父母親一向蠻中意郁以淮，唯一意見嫌他太乖，經常在周末他先上她家中吃飯，興致好時，飯後附近看場電影，她父親愛看武打戲，在一片打殺中彷彿解決了很多人生事，那年代正逢武打片抬頭。郁以淮永遠戲院內打瞌睡，他們暗中握手，郁以淮睡得更甜。奇怪他們鮮少渴望單獨相處。那年齡、時代，戀愛總是和家庭相關連。看場外交性質電影，完全不當回事。

之白尚未推門，老遠便嗅到家中異常的空氣，亦是她熟悉，郁以淮的味道。陽台上站著一雙男鞋，尺寸一眼便確定。郁以淮穿著品味確不能以往看。她探頭往屋裡：「媽，爸爸，我回來了。」她回來的節奏郁以淮熟極而流嗅聞到了吧？果然他迎出來：「之白。」

「你太太剛回去。」她毫不緩衝。

「她來找妳？」

「我去等她的。」

郁以淮當下無反應，祇轉身又回屋裡，因爲他們之間的歲月隔閡？之白拿捏不準他的臉色。

她隨之在後，飯桌上有菜有酒，多像任何一個周末。

「你沒跟她先溝通？」她又追問。

「溝通什麼？」郁以淮神色這次之白看清楚了。

之白表面聳肩做無謂狀；心底一陣抽動，怎麼郁以淮眞長成個角色了？

郁以淮和黎先生重接話題，仍是武俠，祇不過由銀幕上有聲有色的武打片轉成報紙上連載的武俠小說。現在武俠片不比從前盛況。

之白燦然一笑：「爸，你的打鬥場面愈來愈秀氣了。」

黎太太端菜冒上一句：「姑娘家少逞強鬥勝。」

「之白想像力是比較豐富。」郁以淮不輕不重搔癢。

「吃完飯看電影嗎？」之白反擊一計不輕不重招式。

「我沒意見。」郁以淮落座他老位子。姿態大不與以往相同。

「妳少發瘋！」黎太太白她一眼。

「也許郁以淮有話要和我們談談？」終於黎先生較實際說了話。

「那倒不必等飯後。」郁以淮端坐正色：「當著之白面，我向黎伯伯、黎媽媽道歉。另外對之白的傷害，希望能彌補。」

「你都說出來了，還有什麼好彌補的？這原本關係個人的心性問題。」之白卻仍一味笑瞇瞇，聽不出她所言眞心與否。

郁以淮成竹在胸鄭重道：「之白，我們飯後談談好嗎？」

之白正待搖頭，腦中閃過一幅畫面，這鏡頭曾經發生不能計數。便改變搖頭的方向說：「好，可是不能在我家。家不是談這種事的地方。」

正是天末和唐閎事件。相同的沒有可解之扣環。天末眼見她遭遇，這件事可當催化劑使用嗎？之白但願以此爲觸媒，由天末聯想彭衣眉心境。那個程度深呢？再加入她年來心的變化。

「你們最好走遠點，現在先坐下來給我好好吃餐飯！」黎太太絕對權威地說。

如果不去多發生，豈不正是個圓、不長不短的人生循環，父母先生俱全。之白低頭加餐，發現台北的確熱了點，惹人衝動。

總是正要陶醉入夢時電話鈴聲便會驟然響起，之白冷眼旁觀，事不關己神情：「是你的吧？」語鋒對正郁以淮。

郁以淮依言眞去接，通話後齒間單調：「唔！唔！」然後神情不變地重新落座。

之白則持續原有動作，整個故事仍停留原點一般。

「我爸打來的。」郁以淮輕描淡寫。

「交代什麼？」黎太太和郁以淮父親倒認識。

「說彭衣眉流產了，在家休息。」

之白放下碗筷急走入卧室，神色索然。她應該憤怒嗎？慣性吧，她毫無辦法在父母面前血脈僨張。

郁以淮繼續和黎先生聊未完的武俠話題。這份功力是武術還是俠道，有賴年來修煉。

之白俄頃再度出現，往飯廳一站便是份端凝：「走吧！」

望著之白、郁以淮出門的背影，黎太太搖頭：「這兒子大概是最後上咱們家了。」

「由他們去！」黎先生照舉筷子不誤。眉宇間，之白神似父親，性情亦得眞傳。黎太太熱情得多。

要人要到家裡來，這在之白字典中從不是新聞。她一言不發，緊抿的脣線走動著她所想——居然有胎兒可流掉。

婚後數年大家非議她的條項字字確鑿，她總笑罵由之，似乎狂放，有些事不止含蓄，其實說不出口。她無法告訴別人：「殷子平有毛病。」是的，殷子平有毛病。

大都會的燈火常陷入於沈溺，台北好多，至少有郁以淮。她所以不在乎國外燈火，在在浮出重點了——她在乎郁以淮。

她曾經以討論問題方式與殷子平談過：「你和別的女人可以在一起，爲什麼和我不能？」

「之白，妳太冷，教人害怕。」殷子平掩面沈重。

「我們一起找心理醫生談談好不好？」

殷子平的臉在雙手後無奈笑了，像開放奇異的花：「妳知道我這輩子追求的不是這個！我可以多擁抱妳！」

之白惻然，卻決不反悔：「你放心，你可以擁抱別人，我不會說出去的。」他的自尊心，她何嘗沒有。

在她和唐閎鬧得最放肆期間，即天末喪親那段日子，殷子平巧遇她從唐閎實驗室出來，她相信殷子平是有意等在她必經之道，兩人在他實驗室促膝誠懇，殷子平說：「之白，我們離婚好不好？」

她臉色青白，蠻嚇人，其實是她正常顏容。

「我不想爲自己對妳產生的刺激和對妳所做的事負情感責任。」

「你不必。」

「我願意向妳道歉。」

「你不必。」之白語氣轉慢，襯得冷漠：「我蠻喜歡天末，事情不會發展到最嚴重。」

「我不光指這個，之白，妳很吸引人，如果我們離婚，做純粹的朋友，也許我可以開始要妳。」

她側目窗外：「太遲了。」

「天末怎麼辦呢？」殷子平以換氣保持平暢：「還有唐閎，妳會毀了他。這地方很小。」之白無言以對。是的，這地方很小。在她心底，這地方太大了。

「我懂了。」她微笑，俯身擁抱殷子平並且依靠在他肩胛，閉上雙眼：「這樣可以嗎？」他衹要擁抱不是？

「妳說什麼？」殷子平故意問道。他可以從政的，說過的話總不留尾巴。之白仍緊閉雙眼，嘴角泛笑，面頰注滿淚水。

這樣可以嗎？

她俯身擁抱冷的殷子平，沒有人會相信她實則擁抱婚姻。像搗緊已經熄火仍在生菸的罩籠。滿腔菸霧。居然完全的將就。

直走無誤，之白衹機械化移動腳步，冷漠外表毫無流露，她知道很多事就像生命，檢討起來，有人划得來，有人划不來，未必划得來便算活過了，她知道有人會認爲她算是活過這一生了。

天末也知道，也許不知道她與唐閎的牽扯，不管知不知道，天末從未找上門。她轉向郁以淮，這尋隙舉動算是一種行爲呢，還是愛的原則？

和唐閎談話中，天末因父母病故尋來學校，推門後見到天末青白的臉，她仍沒有暗渡陳倉的感覺，天末來報告一個死的消息，她呢？

殷子平應不是平白發端，尤其在她上過唐閎實驗室多次後。殷子平也許知道她最近生理起了變化，殷子平則猜測那胎兒是唐閎的？

天末進門前一刻，她在唐閎實驗室要唐閎猜測她是不是懷孕了。她不要唐閎負責，祇是招惹、逗弄他。

那是一個生的消息嗎？她不知道。她祇知道把一個人逗急了，會有事情發生。天末後來並未回家奔喪，太如預料，反而失了興味。看唐閎翻天末於掌股，天末如恨唐閎，成分中應該有她。

郁以淮在不覺中伸手握來，甫一接觸，之白重重甩落。如果人有記憶——都不願接觸

「之白，我們好好過這個年。」

「怎麼好好過？」

「稍微延長我們的時間。」

「我從來不這麼想。感情那有長短？你不是說祇有厚、薄嗎？我們夠濃的了。」

「之白，說句刻薄話，妳一再悼念舊情爲什麼？」

「那裡面有我的成功。」

「現在又失敗了嗎？」

之白一向不願撒謊，即使會讓她陷低幾寸：「有一點！」

她拒絕再交談。快步向前，希望趕在天末未睡前去敲門。彷彿在趕一個黎明。又覺得像朝聖。

「為什麼不坐車呢？」

「趕這麼快還不是提早結束。」她想。

宅門深掩，天末不進不出，陷於剛回來時的狀態，這回合連報紙不再需要。人生不需多走動。

她不能見中硯，不願多想。腦際冒出星火靈光時，她便靜止不動，唯恐滿溢。中硯回家了嗎？

唐閎的爸媽會怎麼想？天末雙手掩面不能抑止那份深陷的痛。

光、影似乎在門外形成一份動靜，是明暗，鑾擾人，她一旦接觸這光影，便像貼身時光隧道分界線。

天末悠悠忽走到過道，聽到門把旋轉的聲音，很輕微，像她在美國家裡聽唐閎回來的感覺。一抬眼，赫然是唐閎，她急急背身自問：「眞是他？」

「天末？」

天末低頭，無由自處；「你怎麼來了？」

「我很抱歉！」唐閎。

她轉身面向唐閎，那心痛擴大，變成一種恐懼，這是不是一種前世的懲罰？她用眼神問他，唐閎亦是一臉辛酸：「我很抱歉浪費彼此太多時間。」

「你那有什麼時間？」

「現在更少了。」唐閎臉色毫無光澤，氾浮著恍惚的笑。

「我怎麼覺得好漫長？」天末心幽一陣駭然。這臉色多像夢中人物，且是歷史人物。

她反覆記得的全是唐閎乖訛行徑，在在暗示自己他倆婚姻如此唐閎要負全責，她處身這樣日子因而徒勞無成。這似眞似假遊戲是刺激嗎？

天末不禁放聲痛哭：「你不要折磨我好不好！」

「天末！」唐閎臉色愈發青白，終至全綠。天末精神徹底崩潰，像一攤化掉的糖，濃膩，膠黏，是過分的情緒。她跪倒在地，不必攀赴誰的肩。日暮著深，濃膩的情緒才逐漸化歸夜色，無意識下聽到斷續哭調，音色絕望，天末一凝神，專心的望著塵色，明白過來那哭調正是她所發出來。她靜靜傾聽，完全忘卻原先所爲，竟聽到夜的聲音。正是一種人間聲色。

「天末！天末！」

又是唐閎嗎？或者祇是人間聲色的波動？他叫自己做什麼？幻境產生是象徵什

麼？

「天末！妳在家嗎？我是之白！」

天末站直身，本不想出聲，陡然轉念——「唐閎剛才爲什麼來？也許之白知道？」

「來了！」

之白身後較暗處站著一個男人，天末往門內靠一步，直覺那人是郁以淮。

郁以淮往前站到亮光處，清朗、沈穩，有份屬於他那年齡的鋒芒及自我塑造，和之白憶述的郁以淮不太統一，是郁以淮。那中間差別著他們等級年齡可以體會的時間發生的影響。他們在平行時間行進中逐漸體會。

之白神色沈重，悶聲不響進入屋內，郁以淮佇立門外，之白轉身喚道：「郁以淮，到這裡爲止？」

天末輕聲道：「進屋裡去講吧！」臉面神經牽平，望似微笑。

「謝謝！」郁以淮頷首答道。

天末頓時暗地莞爾，萬般皆有定理，郁以淮的冷眞具之白模式。年輕的熱情祇可以沈澱一些冷漠。

茶香滿溢，讓人懷疑夜色是熟茶顏色。用心嗅聞，夜色祇發出人的味道，百味雜具，隱伏一線腥氣。

之白進門後蘊佈的哀怨神色取代了以往的從容疏冷，天末看淸後，著實吃驚。之白將來還有數變。郁以淮倒很可能回復從前，也因變化是看山不是山。

之白逼乾杯內最後一口茶，淸香似乎隨之黯滅，夜色相對愈漆黑，餘留純粹人氣。

像郁以淮兩頰健康的膚色發紅。

「這就是郁以淮！」之白終於開口。

天末微笑，年輕男子從來容易教人聯想。她眼梢望到之白——唐閎似乎沒有年輕張狂過！

「他在台灣活得好好的，而且——他太太還懷了孕！」

「這不是很正常嗎？」天末仍微笑。中硯太太不也懷孕生子。

「之白，妳自己呢？這就是妳帶他來的目的？」天末反問。句句冷靜，有悟空的無情意味。充滿眞實性。

天末和唐閎，她和唐閎。之白倏然眼眶盈注，她仰起頭，好讓淚水在眶內自己乾去。那流掉的孩子是唐閎的嗎？應該是吧？生下來該叫殷子平爸爸呢？還是叫天末媽媽？他們這層關係她眞如天末言是來看另一個女子的痛心？

之白輕微搖頭，眼庫中淚水輕易溢出，順鼻側流到下巴。之白壓抑聲高說：「他們未免受罪太少。」音色中走著鼻音，像感冒。又不是感冒那麼單純生理的聲音。彷若由極深處發聲。

天末收起笑，什麼都不是：「妳我又代表什麼呢？」眞正旣非他們這一代，又非他們這種類型。

「之白，妳暫時忘掉自己的自尊心，否則一天也活不下去。多體諒別人的反應。妳當然明白郁以淮太太的心境。看到我還不夠嗎？」

「我沒有那意思！」之白仍頑強。

「那妳現在聽到了。」

「怎麼扯得平呢？」之白幾乎自言自語。

「妳找我是想爲你們扯平嗎？」

郁以淮低沈鋪直：「是我過分！之白反應很正常。」

「之白，這是妳的目的？」天末分明想逼出什麼，完全不是她離開唐閎那次之白造訪時的身段表現。

之白暗自一驚，是了，她們全是露水，卻各有遭遇，有些滴灑草皮，有些流轉花瓣，有些葉尖，但看遭逢什麼樣的夜。天明全數撤離。

誰是那道陽光呢？

「大概是滴在仙人掌上了。」

之白自語！另一種刺心激骨？沙漠中仙人掌有多少刺？

「也不過是一點小事罷了！」

天末微笑端視之白，那神色中見出反面的嚴肅。

「本來一點事都沒有的！」郁以淮更逼一步向前。

怎麼會沒有事呢？怎麼樣都會有事的，任何人碰到之白注定要漣漪盪漾！生命體的邊緣較輕較弱！很容易便受影響。很容易觸及旁物。之白詭異一笑：「本來一點事都沒有。」她稍事停頓問郁以淮：「將來孩子生下來取什麼名字？」

郁以淮不響，緘默以對的絕非眼神，他毫不避畏直視之白，口卻不能多說！之白有她圖進之路線，他也有。彭衣眉斷非懷孕流產，這事他最清楚不過，他早無心和彭衣眉床笫徵逐，無他，沒有情緒。有人在閨房間恣意於本能，他不是。之白理應體會得到，卻絕不該由他口中說出！他固守這種品德，這是他的路數。和另一個女子談論自己的太太，多麼無聊，到無德地步。

他搖搖頭，一顆心倏地跌落，算了，原該沒有事了。郁以淮掉頭步下玄關。

「郁以淮！」之白在身後叫喚道。

他可以離去，可以不離去，都於事無補。他停下走開的腳步，回轉道：「之白，妳到底要我怎麼樣？」

「我會很快回去。」之白說：「你不用再問我。」分析不出的感覺，也回答不出吧？之白自身體會而已。

「我不留妳，早說過我們好好過完這個年。」

之白急速掃瞄天末，她來看天末反應的，情勢一轉，她處處得留心自己反應外洩。

郁以淮不走，之白不露心事，時間仍要過逝啊！天末介立其中，看得分明，覺得這情景那裡見過，是她和中硯和他的妻嗎？是她想境中？

張慕文扮演是之白角色？或是她？

她從不認爲必須見慕文。誰才是眞正受害者？當然不是黎之白！可能是之白的父母，更可能是彭衣眉。或者——天末不由一嘆息。慕文嗎？那就不要見面吧。

「天末！」

天末眼眉一片迷濛，念念不能釋懷有關唐閎的夢，眼底盡是詢問。

「妳要問什麼？」之白果然靈巧。

「妳回來前有沒有跟唐閎見過面？」

之白微微一怔，郁以淮正看她，是閱歷也是本能，他想必聯想到什麼。

之白索性大方明朗表白：「他生活很正常，外表看不出什麼。也許——，反而不是很正常！」

「我突然很想回去看看！」明知道不可能了，天末因此語氣輕微。

之白無言詞，她更有自己的問題不是？雖說一直不把它當問題處理！彷彿她的事便是天經地義。

「太正常的表面教人害怕。」天末失常地多疑反覆道。

之白毫不遲疑走到電話座旁，直撥一〇〇，問清唐閎那邊時間，回問天末：

「妳直覺比較準，打給他看看有沒有什麼事好不好？」這眼前和以往，之白方悟到，爲什麼她很少感覺郁以淮已經不在人世。每個人都有自己的氣。

「算了，時空不一樣了。」她經常想到唐閎，是回憶嗎？總之比以前感受多。和唐閎在一塊兒過時都不像如此。

她想到——現代婚姻要白頭偕老且靜好反愈不易。事故太多。

「我夢到他來找我，向我道歉！」

之白替天末換氣似，接話道：「我常夢到和郁以淮在台北胡鬧，根本他活得好好的！」

天末陷入沈思，她該相信托夢嗎？她這種年紀？感應算不算？到底妻子貼心、親近還是女友？

「算了——」爲什麼算了？天末不願多說明。況且唐閎經常在屋子裡，從何出事？

天末正要將話接下去，突然心口一陣悶，隨之心律劇烈跳動無規則，天末搖搖暈眩，同時渾身冒冷汗，立刻進入另一個境地。並且來得快，去得也快，連夢都不像。奇怪這滋味熟稔。

她閉上雙眼，眼前即刻是無以計數的蜉蝣，像飄浮的靈魂。天末於是閉不上眼瞼。是的，完全她和中硯去墮胎躺在手術台上時麻醉那一剎間。

同關一個生命嗎？

天末迅速抓起電話，直撥唐闓，如果要找他，那有什麼時間性呢？

一個人恐懼另一個人會死亡，這是本能嗎？天末頹然放下話筒：「沒有人接！」也許有個一兒半女是好的，至少可以代勞接電話。

唐闓之事，天末不願再置一言，說多了彷彿賤賣，感情本身沒了價值。

如果她曾離去，過分關切，簡直矯情。

之白黯然一笑。她了解天末一剎間神情的變化。感情是比較不得，這一刻她和郁以淮頓時被天末與唐闓的情事淹沒過去。

之白挽住郁以淮：「天末，我們走了。」臉上線條細柔，恢復她的冷清舊觀。

他們走出門去，會有另一個空間等待他們嗎？

天末頹然倒入長沙發，眼皮沈重，恍惚，窗外是唐闓每天來去的路，她經常坐在那裡應該是在等唐闓回家，後來變成一種習慣。

那份強烈的窒息感及心律激動又來了，整個人陷入絕境。一陣比一陣強烈。這回，天來，靜坐凝神窗外，不做任何舉動。

大概他們這輩的一生註定如此。在變中求定，格調多麼不易求。是情感過渡期要被犧牲、否定的一代。

她想唐閎確是出了事。她父母疾歿前後她突有感應。唐閎出事，怎麼會感應到她身呢？

唐閎、唐閎！你現在連女友都不在身邊。何苦呢？她雙手掩面，淚如潮湧，陷入完全迷幻中，心裡卻清楚感到害怕。她父母過世時，她光有厭惡。厭惡唐閎。沒有害怕。

生命本身眞是輪迴嗎？還是人類。他們自己百錯不斷？舖成一條路？

唐閎那裡此刻是什麼時間？是錯的時間嗎？錯過了的空間？

天末面向西方，週身原佈滿了的倦怠積厚至於痲木。厭恨原來並無大用。人們很容易便厭倦於去厭恨。

而且不能使別人過得更壞，自己過得更好。

她回身不忍再面窗。也許，從來也沒有看到什麼。天末想。

電話先是悶啃一聲，然後發覺有人在似地隨即一聲連一聲。

天末抓起電話，不假思索喊道：「媽媽。」那一個媽媽？她自身母親三年前已辭世。

「天末！天末——」

「唐閎出事了？」那心律竟有著聞母病變的相同起伏，冷、暖交相。

「哎！原本好好的一個人，天末，妳別難過！」唐家媽媽說的應是——妳別愧疚？

「媽媽！爸呢？」

「他——躺在床上去了。」

更低悶的氣數變為身體上的怯寒，是誰叫一個男人遭逢辛苦經心呢？多像熱水澆冰。

「我馬上來，媽媽，妳呢？妳還撐得住嗎？」天末沒時間拐彎抹角。

「我還在等進一步消息。我還不太相信這是事實！」

就算是事實，做父母誰願相信？就算是事實，做母親的能先倒下？韌性無法測知的終是女性吧？為母則強。

面對死亡，天末呆呆站在原處，並非如她婆婆一樣無法置信，而是她發現，死亡考驗下，她既不是個好女兒也不是個好母親。好太太呢？她祇剩有公婆了。

她母親在她幼年時期曾在市場無心下為她算過一命，說她面相清麗、頰面平廣，必有後福可享。

母親說給她聽時的語氣明顯地並不相信命運，她也不相信。命是需要養的吧？

可嘆她的好的命，是在市場算來的。

少年的她不懂事，反挑釁似地問母親：「什麼叫命？」

「妳以後就知道了。」母親沒有直接回答。

大凡生命都須過程吧？是肉眼無法到。心靈則可感。

天末覺得眼眶潮溼，指尖沾撫卻無淚水，是她的心在淌血嗎？

她不猶豫地邁遠家門，唐閎當年引她出閣，她抽身離開，他便殞落，他們注定無緣。但是誰說過——善緣是緣，惡緣也是緣。

台北的夜，一切熟悉，有燈火處便有生活，暗處亦藏有生趣。她的生命才開始嗎？所以才懂得慟心？

「唐閎！唐閎！」天末心底默哀，聲息連結，相爲呼應。

走入唐家巷口，望著暈眩燈火中的唐家，天末升上一股心念——以後這就是我的家了。

高坐在台北盆地的稜線往下望，很難想像高處不勝寒的滋味原來和跌落谷底同樣。中硯但覺任何最惡絕情況後的心情是最平靜的。可以最平靜，像他現在。一切事物沒有可想像，祇好從頭或者維持既有。

無論他們怎麼想，恐怕不是最重要的，事情都已經過去了。任何煩躁不安，因爲努力過，不再揚昇。那是因爲認識。就像他當年追求天末未果。

至於如何療傷，反而並非最首要，如何讓自己的沈澱不致變爲汙垢壓心是最首要，也已經不成爲問題。

發生在他與天末間的事，有何脈絡、命理可循？以後都靠自己了。一個大男人，那裡不可去？坐在山上看燈火？他知道很多男人，不是在酒廊，便是牌桌旁。

這樣一個人安安靜靜是對的，不該多連累慕文。夫妻眞是一體嗎？現代愈來愈趨個人自我獨立情況。

中硯在黑暗中摸索，心情猶如人生尋路，抽根菸吧，搜遍全身，祇剩打火機留在空菸盒中，他搖搖頭，沒有菸的滋味是份焦急，壓不過平寂的心。他滑劃打火機，在黑暗中、野風下，火苗隨即熄滅。人生沒有過火花會像什麼？

大概什麼也不像，祇像「人生」本身。原來人們長久以降追求的原生命境界，竟如此乏味。引燃不起火花。

中硯再度點火，祇聽得「蓬斥」一聲，在黑暗中，面對星微火光不由一笑。

爾後日子恐怕難脫平淡一劫，中硯起身後比塵世燈火更高。是高，不會發光的生命體。

他拍拍臂部，一步步下山，不時有車輛帶了燈頭由他身旁劃過，他覺得自己眞像一方磷板。

他們這一代？中硯搖搖頭，看到自己的腳步，但願娃娃將來不會過這樣的日子。

是的，他很少去擔心慕文，他們這一代恐怕是最不值錢的一代吧？是個緩衝、過渡一代，過去就算功德圓滿。

至少他是不計較的。中硯伸手觸摸到袋中的打火機，冷冷、無聲，他卻覺得放了心而且溫暖。

站在台北之上往下望，他要去那裡？台北之大無處可容身這點他早存記於心，總不能循記憶去找最初的女友，以前沒事發生，現在也不可能再發生。

遠處星光，黑漆近身，台北其實蠻可愛。

許多年以前，他和慕文結婚前一天深夜，他曾經突然也有類似這樣的孤寂感，忍不住撥電話過去，想不到慕文早早上了床，他問慕文：「妳在做什麼？」

慕文笑了：「這時候還能做什麼？有任何變更都來不及了。」

「人跟人的關係眞微妙。」

慕文好耐性：「也沒有你說的那麼玄。」

「我知道。慕文，如果我們將來離婚，妳會怎麼樣？」

「沒有想過。總得活下去吧？」

他自己呢？會怎麼樣？慕文沒怪他說話徵兆不吉，他沒再在深夜和慕文電話對談。一個人成爲你的妻子後，很多都省了。原來也水波不興。

兩個人想好好過日子，反而不能過得豐富。

這樣的一件事，似乎構成不了離婚的威脅條件。就不確定慕文怎麼想。她那回就沒有答覆。

他現在極欲確定慕文的想法，尤其在如此夜深。她仍會早早便上了床嗎？如果是，他們眞大可離婚。就算不離，住在一起無多大意義。完完全全不相牽連的兩個個體嘛。

幾乎是鈴聲才響起，那頭便有了反應：「我是張慕文。」

「你睡啦？」他倚住山路旁的磚牆上。藍色電話筒邊有盞照明燈，光度微弱，而且，天將露曙。到處是灰與黑的交縫。至於那不黑不灰的空間，因爲有實體，建築物或樹木，使得這世界有所關連起來。不是最美的，是最淸楚的。

他確定了慕文沒有睡下。不知怎麼鬆了口氣。

「你在那裡？」慕文問道。

「我把鑰匙忘在辦公室了，正想回家，怕妳不在。」

「怎麼會呢？」

「慕文，妳明天請個假好不好？」

「可以。」她不必問原因。

「陪陪我。」他說。

「好，你快點回來。」

雖通話完畢，兩人卻彷彿不知從何說起，線中有瞬息遲疑後才掛斷。

慕文可能等在巷口燈下？這故事太老了。仍有他的眞理吧？

「有個什麼樣的太太，比想望要個什麼樣的太太更切合實際。」中硯伸手抹臉，那肌肉、線條確是僵硬了點，他該笑的不是？

有極清晰鳥鳴自林幽中竄出，中硯猛回過頭注視公用電話，奇怪，他以爲是慕文事後反應打電話找來。

他從山上走下去，天色漸層似放明，晝夜間，不知者以爲有過發生，他這一程呢？

中硯終於搖頭笑了。

人們經常以爲天地的白晝、黑夜是屬於自己的。「你可以擁有，卻無法存起來。」中硯自我解嘲道。發現時間亦然，不是誰的。祇是過去。

黎明中，一輛計程車由中硯身後慢速下滑，鳴按喇叭暗示，中硯路旁停下，車子在他身旁煞住車，兩方皆有默契似，車門正對中硯。中硯望著透視鏡內司機先生的眼睛問道：「回家？」

「剛出車，早點出門做滿生意就早點休息。」

狠了心拚鬥得過生計的常是年長者，他們有那耐性。

車行處內外皆安靜，遠遠山座仍是漆黑一片，唯有幾點燈火，不安於室似，又像大地靈光乍現。

司機先生無動於衷地直視前方，中硯則無感於前程，一心看著山座在天盡處，那是他眼光凝視處。形容眞像天末。

「中硯，你不會了解一個人獨自抵擋冷漠時那種心態的。」天末說。

「早點去，有機會多回來看看！」他曾預知似的說。

「沒有想過。總得過下去吧？」慕文說。

車子彎進巷口，他先看見家裡透出的燈光，那燈爲他所選購。「簡單得過了份，看不出設計。」上他們家的客人都這麼說。

然後眼簾處是慕文巷口佇立。

他們並肩慢慢走回家。天色一寸寸在他們背後放明，陪著他們，而非威脅他們。沒有強烈的渴望。彼此相融。

天末完全不能理解唐閎爲什麼深夜仍出門，是赴誰的約？在那個小鎭上，祇有醉鬼、警察及異鄉客沒有時間性。唐閎屬醉鬼？異鄉客？

「唐閎，你這次可不可以誠實點？」天末沈坐在婆婆面前，兩個親近的女人相加，唐閎魂魄遙遠，聽得求她的哀求嗎？

時間彷彿在某種消息中自空間消失了。留在原地的，完全是一般不活潑、凝重的空氣。

「天末！天末！」

天末覺得眼前物件全幻化爲一朵花掉的焦距。靈魂一定不是這樣的。她對正焦距看著婆婆。

「我早說這孩子刻薄不到終福。」唐家媽媽說。

「媽，不是這樣。」她低垂雙眸——「唐閎，你看看，以前不讓我了解你的動向，現在怎麼解釋呢？」

「媽，要多留意爸爸。」天末黯聲說。

唐家媽媽點頭：「他倒下了，我正可分分心，寧願我照顧他。天末，唐閎的身軀怎麼處理，妳還有幾個熟人在那兒，我和爸爸是一點辦法也沒。」老人吧？尤其是自己親生兒子，她沒有辦法說「屍體」。

「我可以去一趟——可是，您和爸爸呢？」

獨生兒子，最大可哀處在此吧？無可分擔之人。永遠是母體孕育的單獨細胞。如果讓那個唯一的單獨細胞埋骨他鄉，多麼殘忍，可是眼前這兩位老人呢？更殘忍。難不成攜了他們去會合那個己體生出的細胞？

「媽，活著的人，比較重要。」天末講的輕弱。

「我知道，可是天末妳忍心嗎？以後想起來怎麼辦？」

是的，以後想起來怎麼辦？她現在面臨不就是當時的以後嗎？從唐閎和之白交往的歷史說來。

「之白？」天末站起身，當然是之白去處理最佳，隨即頹軟坐下。憑什麼要之白去處理。他們誰叫得動之白？

「好不容易和郁以淮亂世重逢似的，已經是個誤會了，連時間都不給人家嗎？」天末雙手支住臉頰，默默玄想。

而且——天末浮上一抹苦笑。茫茫台北，她那裡去找之白？

「天末！」唐家媽媽睇見天末臉上苦笑，不能揣透她心思，但是人心應該差不多吧？即使天末他們這種平日夫妻。她小心問道：「妳怎麼想這件事？」

天末那抹苦笑，曲線的起伏變為恍惚微笑，緩緩說道：「怎麼說都是夫妻一場，我還不太相信這是事實，如果是事實，我祈求能因為這個發生有所成長，媽，我和唐閎都該學習接受死亡。」是那般平靜。

她不能說得太重，同時不該表白過於浮面。太重，無異落井下石，太浮面，像水上的油。

「有時候死亡並不代表什麼，就像我們去結束一件事，唐閎是在巷子裡被車撞的，他事先完全不知道會有這劫遇，他死的過程並不長，一定沒什麼痛苦。」天末說著說著，竟陷入一陣低迷，失了意識，連自己也不明白的自言自語，並且臉上無有血色、無光，宛如木雕像。後人手工，有五分閱歷的師傅。

是家裡空氣沈暮抑或她心緒已然谷底，非逼得做點什麼不致死僵，她抓住電話撥了國際台。

唐閎所有事她都模糊嗎？她性格中的缺陷不願意承認吧？太多了，是一件一件的「不願意」促使她重回台北。唐閎和之白間、唐閎和她父母間、唐閎和她之間。抑或她根本開始在等待自己回台灣？走到這樣的一個地步？

那一天到來的時候她徹底揭發了唐閎和之白的曖昧，她故意不去接之白電話，故意讓這樣的伏筆永無出頭之日。她故意不去當面責罵之白。

「要不要辦個手續？或者妳多想想？」

「如果妳願意，隨時可以回來。」唐閎說的。

明知道那個遙遠的房子曾經是家，不會有人，聽著電話線裡一波一波的悶響，吵不醒任何人吧？那麼清楚，是眞正的無著。天末放下電話。

她繼續撥另外一個號碼。是她害死唐閎的。

和中硯毫無疑問就是如此，她故意深入中硯的痛，加重他們所能負擔，使他徬徨，她再前又再退，她自己不知道吧？完完全全性格使然，現在明白了。

終於人與人之間再回不去，無論願不願意。「唐閔、唐閔！你眞傻，要我願意了隨時回去？」怎麼隨時呢？已經再沒有時間性。

天末雙頰滑淚，電話線中有了反應，她凝望素牆，一片白，渾然不覺淚水一朵朵開在地板，她說道：「請問殷子平先生在嗎？」

「天末？我是！」殷子平直截回道。

天末週身一震，淚水滑落如瀑布，遲鈍於是，然而是殷子平嗎？怎麼會想到是她來電話？

「我已經通知之白了，她沒做任何表示，這邊我會處理，如果你能回來一趟更好，撞死他的人喝醉了，唐閔也喝了酒，這官司很難打。」

「是你約他出去？」

「嗯，我找他談談之白。」殷子平語氣堅定。宛若出庭作證，句句誠實，不欲隱瞞。

「之白有什麼好談？」

「現在都過去了，以後再說。我要他勸勸之白和我離婚。」

眞正懦弱的是不敢面對殘缺婚姻的吧？譬如她。她問了之白在台北地址電話。

「我會來接唐閔。」

天末重放下電話，無以自主地強烈顫抖起來，在死亡這件事上是無法遷怒的，婚姻呢？她嚥壓不下恨意。更多的是悔意嗎？都不及這個教訓重要。

天末轉頭呆望到臥室半掩房門流出來的光，熒弱床頭燈濃縮爲一線淺窄生路。似走不過去，走不回來。她自己也曾父母兒女不是？屋內平面的祇剩寂寂。

他們無須呼天搶地，這其中變化咎由自我，已太明顯。

「媽媽！媽媽！」天末喃喃喚道。這天地眞祇剩下他們父母媳婦三人？她不能掉淚，不能讓老人家陪著她哭。

她重新面對婆婆：「媽，我去找黎之白，看看她回去還是我去！」並且拉起婆婆的手：「媽，我搬來和你們住好不好？」

「天末，妳要想想自己將來，這結上我們原就拿妳當女兒待，別人不淸楚，以爲妳守寡，那就不好了。」

天末緊緊擁住婆婆，心痛處不表自白。人們有力量、感情，爲什麼不用呢？

她從婆婆的肩膀抬眼看見公公站在臥室門口，短短經日，老去了的臉頰更形萎頓。是聽到動靜出來？天末雙頰淌淚如河。她曾經這樣哭過，現在這樣哭著，未來仍會這樣哭嗎？不能控制中居然連成一條生命線。

他們走著走著會觸擦到彼此肩膀、手肘，像路中交叉的車燈。天末雙手攀結在胸前，覺得走走並不能疏散鬱結。三個人，有點像他們在國外那段混沌不明時期，也蠻好，不致招來短兵交刃的痛苦，現在三個人的關係十分清楚，她、之白、郁以淮。可見事情弄得太清楚並無補於事。尤其在這麼一個交接的時代和城市。

曾經這樣三個人一塊兒走過不是？或者兩個人。那時候都蠻覺得自己還像人，有不同的情緒。

「天末，妳有沒有想過唐閎會死？」之白問道。

天末搖頭：「我們相處時間沒長到會想到生死問題。」

「妳怪誰嗎？」

天末點頭：「雖然很愚昧。」她踩著自己的影子，而且繼續往前走：「看起來像是他拋棄了我，其實是我離開了他。不過他現在眞正走了。」

「也好。」之白一貫地閒逸神色，卻自始到終雙手背在身後，緊緊相扣。她永遠外表復原很快。如果不從背面探視。

「也好。」天末苦笑。

郁以淮則完全沈默，在兩個女人中間，一個男人所能扮演的角色經常尷尬，微妙處，他已經有所體會。之白要走了，永遠不會再回來，他們現在沒有任何糾葛了，即使是朋友，亦是沒有恩怨的朋友，最乏味而表面的一種。

之白恨過他嗎？當然。現在不了。可笑他先死在前，之白無法詛咒他去死。像唐閎之被詛咒。

「妳什麼時候回來？」他仍問之白。

之白一撇嘴，臉色反而有了人的形色：「你到美國可以來找我。」

天末正待發言，一念間止住了。殷子平心態當然留待他自己對之白說。目的不同的結合，很難走到離婚那條路。因爲行事永遠殊途不相銜。

「你太太反應怎麼樣？」之白甫說出便覺刺耳，「太太」？好像不是個完整的人，是件附屬品。所以沒有完整的形象。

郁以淮聳肩苦笑道：「我們都死不了。」

天末停下腳步：「好想休息一下。」

之白仰頭笑了：「說眞的還是別的？」轉頭看天末：「奇怪，怎麼感覺上反而輕鬆得多。」

「沒有負擔叫輕鬆。妳是屬於那一類？」

之白用力嗅聞空氣，仰首翹空的鼻尖挺秀成一道優美的弧度，嘴角亦是薄峭生冷：「似乎結束了一件事。」

「在事情與事情銜接時期最容易出事的。大自然也是這樣，季節遞換時節，常讓人過不去。」天末說。是對人生有另番領悟嗎？之白覺得天末較以前熱情。人之冷漠往往因爲不了解，她長視天末。

台北的夜因爲光影交替，彷彿一波一波的時間在翻弄。他們都是逐浪之士。之白和天末的眼光在黑暗中交會。

奇怪的是在這麼一塊方寸之地，天末回來後從未興起「出去走走」的念頭。不像以前之白亙在她和唐閎中間時。

他們經過電信局，裡面正有人在打電話，背著大門，看不見臉上表情，就算看見了，也不可能知道電話內容。

國外有很多電話亭，大都在轉角處，天寒地凍時，如果有人站在那兒打電話，會立刻讓人聯想到是在打電話回家，也可能是朋友。沒有人會在天冷時想到仇人吧？就像黑暗中想的多半是些往事。她曾經那麼怕接、打電話。

「什麼時候再見妳？」天末問道。

之白搖頭。終於走過電信局。「妳呢？」她問天末。如果沒有事情發生，他們不過陌路。她現在不驚倒於任何事了。

「以後怎麼打算？」

「我會搬去和唐閎父母住。唐閎沒有體會、沒有做過幾天兒子，我相信他死不瞑目。」人跟人的分離像分子與分子的撕裂嗎？

「眞有點像在作夢。」

「什麼夢？」天末追問。

「很正常的夢，生老病死一應俱全。」

天末凝望天空：「有些像謝幕詞了。」

之白停住腳下，伸手向天末，夜色中，她青瓷般的肌膚因爲白愈益顯眼，肌膚下是綠色的血管跳動活潑。她說：「天末，我很抱歉。」

天末亦一雙素手，那白，則似遭遇事故心情影響所及，是慘白。她說：「謝謝妳。」之白一臂之力將她推出夢境。

也許這一生他們再見不到，無論是死是活。天末眼角瞟到郁以淮。誰都要死不是。如果能平平安安度過這個年。

她視點重新落在之白青瓷般臉龐上：「我前陣子給唐閎寄的年貨，如果正好收到，幫我供上。」怎麼走著走著她在之白與郁以淮中間？

也是一種過年。

她才深深嘆出一口氣，也許眞是一份輕鬆。

一長排黑暗後是一長排商店，有家新開幕的咖啡屋裝潢淡雅，光線幽然。直線、橫條的椅子像流線型的車體同樣冷。包容不了滄桑。也許因爲新開幕，缺乏人的活動。

咖啡屋中獨自一名女子孤坐不知道望上去什麼感受。像一件商品展覽嗎？是這個時代的特產？

記得有一回她問唐閎：「你這輩子最愛誰？」那時候他們已然形容陌路。唐閎的答案頗令她意外——

「妳。」

唐閎少說謊，亦不圓謊，然而這答案並不特別教她感動。當人失望後，有感而發的問題所得的答案，經常祇教人悲涼。

那時她心中已經了然唐閎所謂的「最愛」，其實是「讓他下過決定」之意。他決定娶她。而且是過去式了。她意外，並不激動、陶醉。倒十分神似現在面臨唐閎死訊的心緒。人生眞正要下決定的事不多吧？

她自己呢？這輩子最愛誰？

誰最讓她難忘？動心時想起來是那個名字？誰對她後半生影響最大？

台北眞有這麼一個人嗎？現在，以前或未來？

如果有那麼一天，也有人抱持同樣懷疑。她是什麼答案？

「天末，妳以後做何打算？」之白再度提起，彷彿她對這問題十分健忘。或者耿耿於懷。之白在台北這樣的街頭上，奇怪並不特別扎眼、怪。因爲祇是無數青白女子中一個？

「也許再談一場戀愛，也許嫁人。但不一定嫁給談戀愛的那個人。」

「是嗎？」

天末笑了：「我發現談戀愛是死不了人的？」

之白居然卡通人物似地在台北夜中：「嘿！嘿！」地發笑出聲：「那死了一次愛情的——」

「也曾死過一次愛情。」郁以淮接口。

仍然走著走著不免彼此觸擦到身。雖然沒有火花。

她一點不恨之白。他們這年齡、這時代，誰還陪你四處閒蕩呢？向人間到處逍遙，滄桑不改。這就是之白吧？

有人從咖啡屋中推門走出，是個女子。之白和天末相睇交望，不禁傲然一笑。

天末經常浮上去某個地方走走的念頭，結果全盤皆淪爲「潛意識」。一方面因爲疏懶，一則深恐實現了的念頭，未來連「想望」之趣也要徹底失去。

天末腦際不時浮現一名女子自咖啡屋中推門而出剎那的神態與臉色。慢慢走向人群。

不知道女子正在想什麼？雖然那身段其實已塑成明顯的影像。天末不想再多揣測。

她這樣生活著並且工作。她發現，這可能是她這一生最好的日子。

當代名家
陌路

1986年4月初版　　定價：新臺幣220元
2001年2月初版第七刷

著　　者　蘇偉貞
發行人　劉國瑞

出　版　者　聯經出版事業公司
臺北市忠孝東路四段555號
電　　話：23620308・27627429
發行所：台北縣汐止市大同路一段367號
發行電話：2641866 1
郵政劃撥帳戶第0100559-3號
郵撥電話：26418662
印　刷　者　世和印製企業有限公司

行政院新聞局出版事業登記證局版臺業字第0130號

本書如有缺頁，破損，倒裝請寄回發行所更換。　　ISBN　957-08-0108-5（平裝）
http://www.udngroup.com.tw/linkingp
e-mail:linkingp@ms9.hinet.net

國家圖書館出版品預行編目資料

陌路 / 蘇偉貞著 . --初版 .
--臺北市：聯經，1986年
面； 公分 . --（當代名家）
ISBN 957-08-0108-5（平裝）
〔2001年2月初版第七刷〕

857.7 83004041

當代名家系列

白水湖春夢	蕭麗紅著	300
千江有水千江月(長篇小說)	蕭麗紅著	280
不歸路(中篇小說)	廖輝英著	220
殺夫(中篇小說)	李　昂著	200
桂花巷(長篇小說)	蕭麗紅著	280
法網邊緣	黃喬生譯	380
狂戀大提琴	利莎等譯	350
海灘	楊威譯	350
台北車站	蔡素芬著	180
回首碧雪情	潘寧東著	250
臥虎藏龍	薛興國改寫	180
多情累美人	袁瓊瓊、潘寧東著	250
八月雪：三幕八場現代戲曲	高行健著	150
靈山	高行健著	平320 精450
一個人的聖經	高行健著	平280 精400
變色的太陽	楊子著	200
紅顏已老	蘇偉貞著	170
世間女子	蘇偉貞著	180
陌路	蘇偉貞著	220

聯副文叢系列

●本書目定價若有調整，以再版新書版權頁上之定價爲準●

(1)鹽田兒女	蔡素芬著	180
(2)邊陲的燈火	楊蔚齡著	180
(3)散文的創造(上)	瘂弦主編	150
(4)散文的創造(下)	瘂弦主編	150
(5)飛翔之光——聯合報文學獎1994卷	瘂弦主編	250
(6)人生是一條不歸路	王邦雄著	170
(7)紅顏男子	李岳華著	150
(8)天下第一村幹事	陳介山著	120
(9)未來世界	王小波著	140
(10)讓高牆倒下吧	李家同著	170
(11)新極短篇——全民寫作(一)	陳義芝主編	180
(12)我寫故我在——聯合報文學獎一九九五卷	瘂弦主編	250
(13)陳瑞獻寓言	陳瑞獻著	130
(14)膜	紀大偉著	180
(15)每個人都有大智慧	趙衛民編	160
(16)站在巨人肩上	瘂弦、陳義芝編	220
(17)扶桑	瘂弦主編	200
(18)真女人紀事	陳義芝、黃秀慧編	150
(19)新極短篇——全民寫作(二)	黃秀慧主編	180
(20)美麗新世界——聯合報文學獎一九九六卷	瘂弦主編	250
(21)雙身	董啟章著	200
(22)眾神的花園	瘂弦主編	380
(23)大漠魂	郭雪波著	150
(24)人生散步	瘂弦主編	140
(25)向時間下戰帖——聯合報文學獎一九九七卷	陳義芝編	250
(26)陌生人	李家同著	170
(27)橄欖樹	蔡素芬著	180
(28)閱讀之旅（上卷）	陳義芝編	200
(29)閱讀之旅（下卷）	陳義芝編	200
(30)智慧100	聖嚴法師著	200
(31)人與海：台灣海洋環境	賈福相著	240
(32)迴旋	張讓著	250
(33)默	杜修蘭著	180
(34)沉雪	李晶、李盈著	200

(35)台灣現代小說史綜論	陳義芝主編	480
(36)華年放異采——聯合報文學獎一九九八卷	陳義芝主編	250
(38)看海的人	賈福相著	250
(39)台灣文學經典研討會論文集	陳義芝編	420
(40)惡寒：第廿屆聯合報文學獎中篇小說評審獎	張惠菁著	220
(41)金色海灘：第廿屆聯合報文學獎中篇小說評審獎	樊小玉著	180
(42)新的寫作時代——聯合報文學獎一九九九卷	陳義芝編	250
(43)消失的海岸	孫寶年編	250
(44)二十世紀文學紀事	鄭樹森編著	280
(45)李喬短篇小說精選集	李喬著	250
(46)再現文學垂天大翼——聯合報文學獎一九九九卷	陳義芝編	220
(47)藍色運動：尋回台灣的海洋生物	邵廣昭等著	280

聯經經典

●本書目定價若有調整，以再版新書版權頁上之定價為準●

伊利亞圍城記	曹鴻昭譯	250
堂吉訶德(上、下)	楊絳譯	精500 平400
憂鬱的熱帶	王志明譯	平380
追思錄—蘇格拉底的言行	鄺健行譯	精180
伊尼亞斯逃亡記	曹鴻昭譯	精330 平250
追憶似水年華(7冊)	李恆基等譯	精2,800
大衛・考勃菲爾(上、下不分售)	思果譯	精700
聖誕歌聲	鄭永孝譯	150
奧德修斯返國記	曹鴻昭譯	200
追憶似水年華筆記本	聯經編輯部	180
柏拉圖理想國	侯健譯	280
通靈者之夢	李明輝譯	精230 平150
道德底形上學之基礎	李明輝譯	精230 平150
魔戒（一套共6冊）	張儷等譯	一套 1680
難解之緣	楊瑛美編譯	250
燈塔行	宋德明譯	250
哈姆雷特	孫大雨譯	380
奧賽羅	孫大雨譯	280
李爾王	孫大雨譯	380
馬克白	孫大雨譯	260
新伊索寓言	黃美惠譯	280